OETINGER TASCHENBUCH

Ute Krause, 1960 in Berlin geboren, lebte in Afrika, Asien und Amerika, studierte an der Münchner Filmhochschule und schreibt und illustriert seit über zwanzig Jahren Kinderbücher. Ihre Werke wurden weltweit übersetzt, fürs Fernsehen verfilmt und vielfach ausgezeichnet.

Ute Krause

Osman

Immer Ärger mit dem Dschinn

Oetinger Taschenbuch

Außerdem bei Oetinger Taschenbuch erschienen:

Osman – Der Dschinn in der Klemme (Band 1)
Osman – Der Dschinn in geheimer Mission (Band 2)

MIX
Papier aus verantwortungsvollen Quellen
FSC® C014496

Das für dieses Buch verwendete FSC®-zertifizierte Papier Danube liefert Salzer Papier, St. Pölten, Austria. Der FSC® ist eine nicht staatliche, gemeinnützige Organisation, die sich für eine ökologische und sozialverantwortliche Nutzung unserer Wälder einsetzt.

1. Auflage 2014
Oetinger Taschenbuch GmbH, Hamburg
Februar 2014

Titelbild und Illustrationen: Ute Krause
Druck: GGP Media GmbH, Pößneck
ISBN 978-3-8415-0272-8

www.oetinger-taschenbuch.de

Inhalt

Eine geheimnisvolle Begegnung

»Heda!«

Die Augen des gebückt hockenden Mannes funkelten. Anton hatte den alten Schuhputzer nicht gleich bemerkt, dabei musste der Mann ihn schon länger beobachtet haben. Der Gewürzbasar war voller Touristen, die sich an den Ständen und kleinen Läden vorbeischoben und die gelben, grünen und rotbraunen Gewürztürme bestaunten. Hier also sollte das echte, alte Istanbul sein, wie Mamas Reiseführer behauptet hatte! Dass es hier mindestens so viele Schmuck- und Nippesläden wie Gewürzgeschäfte gab, hatte der Reiseführer verschwiegen. In einem dieser Läden, vor dem *I love Istanbul*-T-Shirts hingen, waren gerade Mama und Antons Schwester Fanni verschwunden.

Vor dem Laden gegenüber stand ein dicker Händler, der ein blumengemustertes Hemd trug. Anton sah, wie drei japanische Touristen ihn fotografierten. Dabei war der nicht einmal Türke, sondern wirkte eher wie ein Inder.

Neben ihm saß auf einem kleinen Hocker der Schuhputzer, der Anton gerufen hatte und ihn jetzt zu sich heranwinkte. Vor ihm blitzte ein silberner Schuhputzkasten. Anton schüttelte den Kopf und zeigte auf seine Turnschuhe. Doch der Mann winkte unbeirrt weiter.

»Ich hab nichts zu putzen, ehrwürdiger Herr«, rief Anton schließlich auf Türkisch.

Der Alte nickte und lächelte kaum merklich.

»Das sehe ich«, antwortete er. »Aber ich will dich etwas fragen.«

Anton warf einen Blick in den Nippesladen. Mama und Fanni waren noch immer in ein angeregtes Gespräch mit dem Händler vertieft. Mama ließ es sich nicht nehmen, zu feilschen, das gehöre hier einfach dazu, hatte sie erklärt. Das konnte sich also noch eine Weile hinziehen. Zögernd ging Anton hinüber. Der Schuhputzer betrachtete den Jungen prüfend und nickte. Anton war vor Kurzem zwölf geworden, hatte dunkle lockige Haare und wache braune Augen. Er war eher klein für sein Alter und wirkte etwas schüchtern.

»Du sprichst ein sehr reines Türkisch – aus einer längst versunkenen Zeit«, sagte der Mann, beugte sich vor und holte ein Pfeifchen aus seinem silbernen Putzkasten.

»Ja. Kann sein.« Anton zuckte verlegen die Achseln. Seit er und seine Schwester Fanni das letzte Mal mit dem Dschinn Osman in die Vergangenheit gereist waren, sprachen beide fließend Türkisch. Natürlich war es darum das alte, arabische Türkisch, aber das konnte er ja schlecht erklären.

»Du bist keiner dieser üblichen Touristen«, fuhr der Mann fort, klopfte mit dem Pfeifchen gegen seinen Kasten, zündete es an und nahm ein paar tiefe Züge. Dabei ließ er Anton keinen Moment aus den Augen. Er hatte das Profil eines Falken und den Blick einer Echse. Etwas an ihm war unheimlich. Anton überlegte, wie er sich höflich wieder aus dem Staub machen könnte.

Die hervortretenden Augen des Mannes glitzerten. »Mir scheint, ihr sucht etwas in dieser Stadt. Vielleicht etwas ganz Bestimmtes?« Der letzte Satz klang leicht spöttisch.
»Schon möglich«, murmelte Anton überrascht. War der Alte ein bisschen verrückt? Und warum sagte er *ihr*?
Als hätte er seine Gedanken gelesen, richtete der Mann seinen Blick plötzlich auf etwas hinter Antons Rücken. Anton drehte sich um und sah seine Schwester Fanni, die gerade den Souvenirladen verließ und zu ihnen hinüberschlenderte.

»Mama ist gleich fertig«, rief sie. »Wir sollten auch möglichst bald …« Als sie den Schuhputzer bemerkte, der sie so eindringlich anschaute, blieb sie stehen und starrte zurück. Anton blickte neugierig von einem zum anderen. Merkwürdig – auf einmal kam es ihm so vor, als ob sie diesem Mann schon einmal begegnet wären. Aber wo? Der Schuhputzer grinste sie an und zeigte dabei seine spitzen gelben Zähne. Er winkte wieder, doch Fanni drehte sich um und wich geradezu vor ihm zurück.

»Gehen wir lieber«, rief sie Anton zu. »Wir kommen sonst zu spät. Ich hol Mama.« Der Schuhputzer schaute ihr nach und schnalzte abschätzig mit der Zunge.

»Haben wir uns schon mal gesehen?«, fragte Anton. Der Alte sog an seinem Pfeifchen und starrte immer noch Fanni hinterher.

Doch etwas verrückt, dachte Anton, als der Mann nicht reagierte. »Also, auf Wiedersehen dann«, sagte er und wollte seiner Schwester zum Laden folgen.

Da beugte sich der Schuhputzer plötzlich vor und griff Antons Arm. Anton sah, dass die Augen des Mannes sich in ein tief schimmerndes Wassergrün verwandelt hatten, sein Atem roch nach Algen und Tang. Anton wollte sich losreißen, aber der Mann zog ihn noch näher zu sich heran und flüsterte: »Geht zur Zisterne. Dort wird sich alles finden.«

Dann ließ er ihn los.

»Was?«

Anton schaute ihn verwirrt an. Der Schuhputzer hatte sehr leise gesprochen.

»Los, Anton, mach schon«, rief Fanni, die jetzt mit Mama vor dem Souvenirladen stand.

Anton zögerte. Er wandte sich wieder dem sonderbaren Alten zu, doch der steckte sein Pfeifchen in die Jackentasche, nahm seinen Schuhputzkasten und den Hocker und zog davon, ohne sich nach ihnen umzudrehen. Anton hörte noch, wie er im Vorübergehen murmelte: »Du hast mich richtig verstanden.«

»Was war das denn für einer? Irgendwie kam er mir bekannt vor«, sagte Fanni noch zu Anton, der ihr gern mehr erzählt hätte. Doch da schien Fanni mit ihren Gedanken schon woanders zu sein. Es war halb zwölf, und die Zeit drängte. Fanni schaute in den wolkenlosen Himmel, in dem die Sonne schon fast senkrecht stand. Sie ging so zielstrebig die Gasse hoch, dass Anton und Mama fast rennen mussten, um mit ihr Schritt zu halten.

»Immer mit der Ruhe«, keuchte Mama, die gerade noch rechtzeitig einem fliegenden Händler auswich, während sie Fanni hinterherlief. »Wir sind hier im Urlaub!«

Wenn sie nur wüsste, dachte Anton. Aber Mama wusste natürlich nicht, warum Fanni es so eilig hatte und warum die beiden den Topkapi-Palast unbedingt vor der Mittagszeit erreichen mussten. Und sie wusste natürlich auch nichts von der geheimen Botschaft, die Mehmed Ali dort für Fanni versteckt hatte. Die Kinder hatten beschlossen, es ihr und Papa lieber nicht zu erzählen …

Angefangen hatte alles vor einem halben Jahr, als Fanni aus Versehen Osmans Dschinn-Flasche zerbrochen hatte. Das war zwar eine etwas grobe Art, einen Dschinn zu befreien, aber befreit hatte sie ihn damit. Und darum war Fanni Osmans neue Herrin geworden. Ohne seine Dschinn-Flasche aber war Osman nur ein halbes Hemd. Es musste dringend eine neue her, doch das war leichter gesagt als getan. Es gab nur einen Weg: Fanni musste sich mit Osman und Anton nach Istanbul wünschen. Aber nicht ins heutige Istanbul, sondern in eine längst vergangene Zeit – genau genommen ins Jahr 1685. Damals hieß Istanbul noch Stambul, und zu jener Zeit lebte dort der Hüter der Dschinn, der Cinci Hodscha. Da er über gewaltige Zauberkräfte verfügte, war

er der Einzige, der die alten Glassplitter, die sie mitgenommen hatten, zu einer neuen Dschinn-Flasche verschmelzen konnte.
Im alten Stambul hatten sie auch ihren Freund Mehmed Ali wiedergetroffen und ihm aus einer schwierigen Lage geholfen – oder es jedenfalls versucht. Mehmed Ali hatte vom Großwesir den Auftrag bekommen, den Thronprinzen Achmed zu beschützen. Denn Prinz Achmed schwebte in großer Gefahr: Jemand trachtete ihm nach dem Leben und hatte schon einmal versucht, ihn aus dem Weg zu schaffen. Mehmed Ali durfte den Harem, in dem der Prinz aufwuchs, nicht betreten. Das durften nur die Frauen und Kinder des Sultans. Darum bat er Fanni und Anton, sich als Sklaven in den Harem einschleusen zu lassen und unauffällig über den Prinzen zu wachen. Das hatten sie dann auch versucht, aber die fiese Sultanin Gülnaz hatte sie überlistet. Ein zweiter Anschlag auf den Prinzen gelang, und nur weil Fanni sie in letzter Minute zurück nach Wien wünschen konnte, wurde das Leben des Prinzen gerettet. Es war doch gut, mit einem Arzt befreundet zu sein, der sich mit Giftschlangen auskannte! Dann war nur noch ein Wunsch übrig geblieben, und mit dem hatte Fanni schweren Herzens Osman, den Prinzen und Mehmed Ali zurück nach Stambul gewünscht, wo der Prinz zum Sultan gekrönt werden sollte. Schweren Herzens nicht wegen Osman – dieser Abschied fiel ihr leicht. Aber schwer war der Abschied von Mehmed Ali.
Und Mehmed Ali war es genauso gegangen. Er wäre am liebsten bei Fanni geblieben, doch seine alten Eltern warteten in Stambul auf ihn, und der Prinz brauchte seinen Schutz. Ob er Fanni je wiedersehen würde, durch mehr als drei Jahrhunderte getrennt?
Mehmed Ali hinterließ Fanni einen Abschiedsbrief. Darin hatte er geschrieben:

»Solltest Du am längsten Tag des Jahres, wenn die Sonne ihren höchsten Stand erreicht, je nach Stambul zurückkehren können, dann komme um die Mittagszeit in meinen Raum, wenn die Sonne durch das Fenster scheint. Suche dort die höchste Kachel, die von ihren Strahlen berührt wird. Sie lässt sich leicht lösen. Dahinter verberge ich, was nur für Dich bestimmt ist.«

Seit jenem Tag hatten die Geschwister nichts mehr von ihren Freunden gehört. Doch Fanni hatte die Hoffnung, so verrückt sie schien, nie aufgegeben. Und dann war wie durch ein Wunder die Einladung an Papa gekommen. Er sollte Ende Juni zu einer Journalistenkonferenz nach Istanbul.

»Der längste Tag des Jahres ist zwar bis dahin vorbei, aber das ist ein klares Zeichen«, hatte Fanni triumphierend gesagt und nicht lockergelassen, bis auch sie und Anton mitfahren durften. Denn nur so hatten sie eine Chance, die geheime Botschaft zu finden, die Mehmed Ali für sie im alten Palast der Sultane versteckt hatte.

»Um die Mittagszeit« hatte es im Brief ausdrücklich geheißen, und deshalb hatte es Fanni auch so eilig.

Inzwischen hatten sie den Platz erreicht, der zum Haupttor des Palastes führte. Mama war außer Atem, und Anton wischte sich den Schweiß von der Stirn. Der Platz von damals war kaum wiederzuerkennen. Statt der Marktstände standen hier nun Touristenbusse; den Blick aufs Meer konnte man nur noch erahnen, und das einst gewaltige Tor, das damals von gefährlich aussehenden Soldaten bewacht wurde, war jetzt von Eiscremeverkäufern und Touristen belagert.

»Fanni, Anton, rennt doch nicht so!«, rief Mama. Anton hatte gar nicht gemerkt, dass auch er auf einmal so schnell lief. Er konnte es kaum erwarten, den Palast zu betreten. Fanni war schweigsam und spielte mit ihrer Sonnenbrille, während sie sich in der Schlange an der Kasse einreihten.

Mama stöhnte über die Eintrittspreise für Touristen.

»Wir können uns ja den Harem schenken«, sagte Fanni mit einem raschen Blick auf die Uhr.

»Unmöglich!«, sagte Mama. »Ihr habt mir so viel davon erzählt. Ich möchte doch sehen, wo die Sultaninnen gelebt haben.«

Sie folgten den Touristenströmen in den Innenhof des Palastes. Früher hatten hier die Soldaten, die Janitscharen hießen, Schwertkampf geübt. Wo waren die Springbrunnen und die Zitronenbäumchen, die damals die Wege geziert hatten, dachte Anton. Bei ihrem ersten Besuch waren sie hier dem Diener Shükrü gefolgt, um Mehmed Ali zu besuchen. Damals huschten noch Sklaven die Wege entlang, und Würdenträger in prächtigen Gewändern plauderten im Schatten der Veranden. Heute gab es überall Menschentrauben, die den Touristenführern folgten und alles fotografierten und filmten, was ihnen gezeigt wurde.

Wo waren nur gleich Mehmed Alis Räume gewesen? Am liebsten wollte sich Anton sofort auf die Suche machen.

Doch Mama hatte andere Pläne.

»Kommt, wir gehen zuerst in den Harem«, rief sie und steuerte auf den Eingang zu.

Die Geschwister warfen einander besorgte Blicke zu. Die Sonne stand schon fast über ihnen, und die Hitze kroch in die Schatten.

»Mama, warte!«, rief Fanni. »Schau dir mal die Menschenmassen an. Lass uns später reingehen. Dann sind die Busse alle weg.«

»Stimmt«, sagte Anton. »So macht es wirklich keinen Spaß. In dem Gedränge sieht man doch gar nichts.«
Mama blieb stehen und betrachtete die beiden zweifelnd. »Erst kann Madame es kaum erwarten, hier zu sein, und dann hat sie auf einmal ganz viel Zeit?«
»Ich hatte ja nicht geahnt, dass es jetzt so voll ist«, sagte Fanni. »Später ist es bestimmt besser.«
Mama zögerte. »Also gut. Ehrlich gesagt hätte ich auch nichts gegen eine kleine Pause nach diesem Gehetze. Dahinten ist doch ein Café. Wollen wir da was trinken?«
»Oh ja, bitte!«
Fanni und Anton folgten ihr zum Café und fanden sogar einen freien Tisch. Doch kaum hatten sie sich gesetzt, sprang Fanni schon wieder auf.
»Bestellst du mir schon mal 'ne Cola, Mama? Ich geh auf Klosuche.«
»Ich komm mit.« Anton stand auch auf und kippte dabei fast den Stuhl um. »Für mich bitte auch 'ne Cola.«
Mama sah die zwei misstrauisch an. »Sagt mal, was ist bloß los mit euch? Ihr seid heute so … so hibbelig.«
»Ich weiß nicht, was du meinst.« Fanni zuckte die Schultern und sah Anton an.
Mama schüttelte nur den Kopf. »Dieses Alter ist wirklich speziell.«

Das Versteck

Kaum waren sie außer Sichtweite des Cafés, rannten sie zurück zum großen Innenhof und schauten sich nach allen Seiten um.

»Verflixt«, murmelte Fanni, die nirgends den Eingang zu Mehmed Alis Hof entdecken konnte. »War es nicht irgendwo da lang?«

Anton folgte ihr in einen Museumsraum, und sie spähten in die dunklen Zimmer, in denen sich Vitrinen mit Schmuck und Kostümen aneinanderreihten.

»Hoffentlich haben sie nicht auch Mehmeds Zimmer in ein Museum umgewandelt. Das wär dann vielleicht ein *bisschen* auffällig, wenn wir da irgendwelche Kacheln abreißen«, sagte Anton.

Fanni kräuselte die Nase. Das machte sie immer, wenn sie nervös war. Sie standen in der Sonne neben einer lang gestreckten Veranda, und Anton bemerkte, dass die Schatten inzwischen sehr kurz waren. Das hieß, die Sonne hatte schon ihren höchsten Stand erreicht. Fanni hatte es auch bereits festgestellt und schaute sich unschlüssig um.

»Komm, wir probieren's noch mal auf der Museumsseite.« Anton zeigte auf eine Wand, die mit einer Plane verhüllt war. Darauf stand in drei Sprachen: »Wir renovieren für Sie den Topkapi-Palast.«

»Ach, Quatsch, da ist doch alles zu«, antwortete Fanni entnervt. Aber Anton hatte schon den Innenhof überquert. Als er bei der Plane angelangt war, warf er einen kurzen Blick über die Schulter und verschwand hinter dem Segeltuch. Fanni sah sich nach allen Seiten um und folgte ihm durch den Spalt. Das Licht auf der anderen Seite war gedämpft. Vor ihnen lag ein dunkles, hohes Tor. Anton drückte langsam die Klinke herunter, und sie betraten einen kleinen Innenhof zwischen niedrigen, verwitterten Gebäuden. Der Hof wirkte in der Mittagshitze verlassen. Sogar die Tauben hatten aufgehört zu gurren. Unkraut wucherte in den Ritzen zwischen den Pflastersteinen, und eine Zementmischmaschine versperrte den Weg.

»Wir haben Glück«, flüsterte Fanni. »Die machen gerade Mittagspause.«

Anton fasste plötzlich ihren Arm. Vor ihnen lag der Eingang zu Mehmed Alis Räumen. Die Fensterläden waren verriegelt, und die Tür war ohne die Verzierungen, an die sich Anton noch gut erinnerte. Aber er hatte alles sofort wiedererkannt.

»Ist es etwa hier?«, fragte Fanni leise.

Anton antwortete nicht, sondern drehte vorsichtig den Knauf. Die Tür öffnete sich knarzend, und sie betraten einen hohen, leeren Raum. Es roch nach Moder und Staub; das Halbdunkel war nach der Hitze im Hof angenehm kühl. Schmale Lichtstreifen fielen durch die Ritzen der Fensterläden. Fanni begann damit, die schweren Riegel beiseitezuschieben und die Läden zu öffnen. Mehr und mehr Licht strömte in den kahlen Raum und warf Muster durch die verzierten Fenstergitter.

Sie schaute auf ihre Uhr. Es war schon halb eins – höchste Zeit. Staubkörner tanzten im Licht, das schräg in den Raum fiel. Fanni und Anton traten ein paar Schritte zurück und musterten die Fliesen.

»Da, schau mal, die ganz links«, sagte Fanni auf einmal. »Da, wo die Sonne gerade noch draufliegt. Die ist ein bisschen schief.«

Anton folgte ihrem Blick. Tatsächlich, die Kachel war schief und schien etwas abzustehen.

»Los, mach schnell.« Fanni verflocht ihre Finger für eine Räuberleiter. Anton setzte seinen Fuß in ihren Handteller, zog sich hoch und lehnte sich an die Wand. Er nahm sein Taschenmesser aus der Hose und streckte den Arm, so weit es ging, nach oben, um die Kachel zu erreichen. Nach einigem Stochern und Schaben fand er einen Spalt, in den sich die Klinge ein paar Zentimeter hineinschieben ließ. Er ruckelte darin herum, bis die Klinge noch etwas tiefer im Spalt verschwand. Mörtelstücke bröckelten herab. Vorsichtig drückte Anton das Messer nach außen. Die Klinge bog sich, und auf einmal sprang ihm die Kachel entgegen. Anton konnte sie gerade noch auffangen.

»Fanni, hier ist es!«

Fanni grunzte unter seiner Last. »Toll! Mach schnell. Du bist echt schwer geworden.«

Der Hohlraum fühlte sich feucht und staubig an, und plötzlich bewegte sich etwas unter Antons Hand. Drei braune Kakerlaken schossen hinaus ins Licht. Anton stieß einen kleinen Schrei aus. Vor Schreck hätte er fast das Gleichgewicht verloren. Die Kakerlaken tasteten mit ihren Fühlern in der Luft und flüchteten in eine dunkle Ecke zwischen Decke und Wand.

»Was ist?«, rief Fanni.

»Hier sind Kakerlaken. Das ist total eklig.«

»Und die Botschaft?«, fragte Fanni. »Ich kann dich nicht mehr lange halten.«
Mit verkniffenem Mund steckte Anton die Hand wieder in das dunkle Loch und tastete die Ecken ab. Hoffentlich krabbelte ihm nicht eines dieser Viecher den Arm hoch.
»Heb mich noch etwas höher!«
Fanni hob seinen Fuß noch etwas an. Ihr Gesicht war rot vor Anstrengung. Anton prüfte jetzt gründlich die hinteren Ecken des Verstecks.
»Es scheint leer zu sein«, sagte er enttäuscht.
»Bist du sicher? Hast du überall bis zum Rand gesucht?«, fragte Fanni mit leicht schriller Stimme.
»Ja, hab ich.« Anton landete halb rutschend, halb springend auf dem Boden. »Wenn du mir nicht glaubst, kletter selber hoch.«
»Komm, probieren wir noch die anderen Kacheln durch«, sagte Fanni. Sie schüttelte die Hände aus, verhakte sie wieder zu einer Räuberleiter, und Anton kletterte noch einmal hoch. Reihe für Reihe klopfte er die Kacheln mit dem Griff seines Taschenmessers ab, doch keine klang hohl. Sie waren alle fest eingemauert.
Irgendwo in der Nähe schlug eine Tür.
»Wir sollten lieber gehen, bevor die Arbeiter zurückkommen und uns hier entdecken«, flüsterte Anton.
Sie schlossen die Fensterläden und schoben die schweren Riegel vor. Dann schlichen sie zurück zum Tor. Sie waren keine Sekunde zu früh, denn die Stimmen der zurückgekehrten Arbeiter hallten aus den Nebenhöfen.
»Vielleicht hat Mehmed Ali es einfach vergessen?«, sagte Anton, nachdem sie durch den Spalt in der Plane auf den Haupthof gehuscht waren und zum Café zurückliefen.

Fanni sah ihn wütend an. »Hat er nicht. Das ist nicht seine Art. Irgendetwas muss passiert sein. Irgendetwas Schlimmes.«
»Apropos passiert – da kommt Mama.« Anton deutete über den Platz. »Sie sieht nicht gerade begeistert aus.«
»Fanni, Anton! Wo wart ihr denn nur?«, rief sie von Weitem. »Ich verlange eine Erklärung. Aber *sofort*!«
Mamas blonder Pferdeschwanz wippte im Nacken, und die Halskette schlug im Dekolleté auf und ab.
Fanni schwieg und starrte zu Boden. Sonst hatte sie immer eine Antwort parat, aber diesmal konnte Anton nicht mir ihr rechnen.
»Wir haben uns verlaufen«, sagte er halblaut.
Doch Mama war wirklich sauer.
»Erzählt mir doch keine Märchen! Also, wo wart ihr?«
»Auf der Toilette?« Anton sah seine Schwester Hilfe suchend an und bemerkte, dass sie mit den Tränen kämpfte. Anton verstand, warum sie so traurig war. Dass es keine Botschaft gab, konnte nur heißen, dass die Verbindung mit ihren Freunden aus der Vergangenheit endgültig abgeschnitten war. Sie würden Osman, Prinz Achmed und Mehmed Ali nie mehr wiedersehen. Anton spürte, dass auch er furchtbar enttäuscht war, weil auch er insgeheim mit einer Botschaft oder irgendeinem Zeichen gerechnet hatte. War das Ganze damit wirklich endgültig vorbei?

Der Fisch in der Zisterne

Der Besuch im Harem war eine einzige Enttäuschung. Alles wirkte kahl und verlassen. Anton versuchte Mama zu beschreiben, wie lebendig es damals zugegangen war, als noch die vielen Sklavinnen und Haremswächter die königliche Familie umsorgt hatten. Doch die Gemächer von Prinz Achmed und der bösen Sultanin Gülnaz konnte er ihr nicht zeigen. Wie so viele andere Räume des Harems waren sie fürs Publikum geschlossen.

Auf dem Weg ins Hotel, wo Papa sie erwarten würde, gingen sie schweigend nebeneinander her. Fanni war hinter ihrer Sonnenbrille verschwunden und hörte iPod; Anton hing verdrossen seinen Gedanken nach. Die ganze Reise war umsonst gewesen, und es gab nichts, worauf er sich noch freuen konnte.

Sie überquerten einen großen Platz zwischen zwei Moscheen und folgten einer stark befahrenen Straße, auf der sich zähflüssig der Nachmittagsverkehr dahinschob. Der rußige Gestank von Abgasen lag in der Luft. Der Asphalt und die Sandsteinmauern, die den Weg begrenzten, hatten die Sonne in sich aufgesogen und strahlten die Hitze flirrend zurück.

Plötzlich blieb Anton stehen. In dem Mäuerchen vor ihnen war ein kleines Messingschild eingelassen: *Zur Zisterne.* Ein goldener Pfeil deutete eine Seitenstraße hinab. Hatte dieser Schuhputzer nicht gesagt, in der Zisterne werde sich alles finden? Anton hatte es auf ihrer Suche nach dem Versteck ganz vergessen, aber jetzt fiel es ihm wieder ein. Es war ein winziger Hoffnungsschimmer, denn entweder war der Alte einfach verrückt – oder es war ein verstecktes Zeichen. Einen Versuch war es jedenfalls wert. Anton zeigte auf das Schild und fragte: »Was ist eine Zisterne?«

Mama war froh, dass eines ihrer Kinder endlich das Schweigen brach. »Da hat die Stadt früher wahrscheinlich ihr Wasser gespeichert«, antwortete sie.

»Kann man die besichtigen?«, fragte Anton unschuldig weiter.

Doch Mama hatte schon den Reiseführer gezückt und blätterte, bis sie gefunden hatte, wonach sie suchte. »Ja, die kann man tatsächlich besichtigen. Hier steht's. Die ist sehr alt, aus der Zeit der Römer. Hmm, klingt interessant. Mit einem großen Medusenkopf mit Schlangenhaar und …«

Anton unterbrach sie. »Ich glaube, da geht's rein!«, rief er und deutete auf ein blaues Schild.

Fanni warf Anton einen kühlen Blick über den Rand ihrer Sonnenbrille zu. »Seit wann stehst du auf Wasserspeicher?«, sagte sie etwas zu laut, weil sie immer noch Musik hörte.

»Ach, komm schon«, sagte Mama. »Bis Papa wieder im Hotel ist, müssen wir uns ja irgendwie beschäftigen.«

»Superspannend«, antwortete Fanni genervt. »Der echte Brüller.«

Doch Mama und Anton gingen schon zielstrebig auf den Eingang zu. Die Treppen zur Zisterne waren feucht und glitschig. Sie führten in

eine große, dunkle Säulenhalle hinab, die nur durch kleine Strahler beleuchtet war. Erst auf den zweiten Blick sah Anton das Wasser, das sich schwarz glitzernd in alle Richtungen erstreckte. Das Ende des Beckens war im Dunkeln nicht zu erkennen. Fanni und Anton gingen an einem Souvenirladen vorbei, um den sich Touristen drängten. Sie waren in osmanische Kostüme gehüllt, die man dort offenbar ausleihen konnte, und ließen sich kichernd fotografieren. Fanni blieb stehen und schaute ihnen eine Weile gelangweilt zu.

Anton wusste nicht recht, wo er in dieser großen Halle auf eine Spur stoßen sollte. In der Zisterne werde sich alles finden, hatte der Schuhputzer ja nur gesagt. Aber mehr hatte er nicht verraten. Meinte er vielleicht diesen geheimnisvollen Kopf?

»Kommt«, sagte Anton zu Mama und Fanni. »Wir suchen diesen Kopf mit den Schlangenhaaren.«

Doch Fanni winkte ab.

»Ich bleib lieber hier«, sagte sie.

Anton versuchte, sie umzustimmen, aber Fanni schüttelte nur den Kopf, und so zogen er und Mama allein los. Wenn Fanni nicht wollte, half auch keine Überredungskunst.

Die Touristen hatten inzwischen ihre Fotos bekommen und ihre Verkleidungen zurückgegeben. Auf der Suche nach neuen Kunden hatte der Fotograf die unschlüssig wartende Fanni entdeckt. »Kommen Sie, junges Mädchen, wollen Sie nicht als osmanische Prinzessin verewigt werden?«

Auch als Fanni abwinkte, ließ er nicht locker, sodass sie sich schließlich davonmachte.

Sie schlenderte auf einen Steg zu, der über das Wasser führte. Schwaches Licht ließ die feuchten Sockel der Säulen bernsteinfarben schimmern. Ihr Spiegelbild zitterte im dunklen Wasser. Der Steg teilte sich, und Fanni wählte einen fast menschenleeren Weg, der in die entlegeneren Winkel der Zisterne führte. Sie sehnte sich danach, endlich allein zu sein, um in Ruhe nachzudenken.

Mehmed Ali hatte bis jetzt immer sein Wort gehalten. Was war dieses Mal nur passiert? Irgendetwas stimmte einfach nicht. Aber was?

Während sie weiterging, hörte Fanni noch einzelne hohe Stimmen aus dem Stimmengewirr aufsteigen, die vom Hall verzerrt wurden. Je mehr sie sich von den anderen Besuchern entfernte, desto stärker glichen die Stimmen sich an. Allmählich klang es, als kämen sie aus einem großen, hohlen Topf. Es war wie ein gleichmäßiges Summen, das zunehmend dumpfer wurde, als wäre ein Schwarm Hornissen in der Zisterne unterwegs. Wäre Fanni nicht so in ihre Gedanken versunken gewesen, wäre ihr das Brummen vielleicht bekannt vorgekommen.

Von den hohen Backsteinbögen tropfte Wasser herab und traf sie am Kopf und auf den nackten Armen. Hier und da platschte es in das dunkle Becken, wo sich um die Tropfen schwarze Kreise weiteten. Der Steg endete vor einer langen Säulenflucht, die im Dunkeln verschwand.

Fanni lehnte sich gegen die Brüstung und betrachtete das Spiegelbild der vielen Säulengänge. Sie schienen endlos in die Tiefe hinabzureichen und erstreckten sich in alle Richtungen. Plötzlich brach das Spiegelbild, die Säulen zitterten und zerfielen wie durch ein sanftes Beben. Ein großer, erdfarbener Fisch mit zwei grauen Stacheln am Maul war unter dem Steg hervorgeglitten. Er lag reglos direkt unter ihr, starrte sie aus seinen schwarzen glitzernden Augen an und öffnete und schloss lautlos das Maul. Fanni tauchte die Hand ins Wasser. Der Fisch bewegte sich nicht.

Das Hornissenbrummen schien in diesem Moment höher und lauter als zuvor. Der Fisch wandte sich behäbig um und schwamm durch das Spiegelbild der Säulen und Backsteinbögen hinab. Das Wasser zitterte und brach unter seiner Bewegung. Doch als es wieder zur Ruhe kam, hatte es sich verwandelt. Mit einem kleinen Schauer bemerkte Fanni, dass das, was sich da im Wasser spiegelte, keine Steinbögen mehr waren, sondern schiefe, zerfallene Ziegeldächer, die auf Holzhäusern ruhten. Die Säulen hatten sich in Schornsteine verwandelt, die ihr nun entgegenragten.

Der Fisch war zwischen zwei Häusern verschwunden. Dort, wo er abgetaucht war, weiteten sich sanft Wasserringe und ließen die Stadt kurz wieder verschwimmen. In den Strudeln, die der Fisch hinter sich herzog, schlugen Fensterläden langsam auf und zu. Als die Oberfläche sich wieder geglättet hatte, war jede Einzelheit der Unterwasserstadt noch deutlicher zu erkennen, so als hätte man eine Kamera scharf gestellt. Fanni sah eine alte Gasse auf dem Grund des Wassers, die ihr bekannt vorkam. Da waren sie damals mit Osman und Mehmed Ali gewesen! Es war die Glasbläsergasse, und das schiefe Haus dort war das des Cinci Hodscha!

Was da unter ihr lag, war das alte Stambul. Fanni bekam eine Gänsehaut. In der Ferne auf einem Hügel sah sie den Palast des Sultans mit seiner goldenen Kuppel. Sie schaute hinab in die alte Stadt, die ihr so vertraut war, und auf einmal packte sie ein überwältigendes Verlan-

gen, sofort zurückzukehren … Sie durfte keine Zeit mehr verlieren. Sie dachte weder an Anton noch an ihre Eltern, es gab im Moment nur eines: Die Stadt lag zum Greifen nah, und sie musste so schnell wie möglich zu Mehmed Ali. Sie wollte sich gerade unter dem Geländer hindurchzwängen, als sie Antons Stimme hörte. Er hatte seine Schwester gesucht und am Ende des Stegs entdeckt. Schroff packte er sie jetzt am Arm und zog sie hoch.

»Sag mal, spinnst du?!«, rief er in einer Mischung aus Verblüffung und Zorn.
Fanni sah ihn verständnislos an. Was hatte ihr Bruder nur? Warum zerrte er so grob an ihr?
Sie rief »Lass mich!« und wollte sich losreißen. Anton hielt sie mit beiden Händen fest.
»Sag mal, was soll das denn?!«, sagte er fassungslos. »Was machst du denn da?«
Fanni verstand nicht, warum Anton so außer sich war. Sie musste sich sammeln, ihr Körper und ihr Verstand waren noch ganz taub, als erwachte sie aus einem tiefen Schlaf.
»Da, schau doch!«, sagte sie zu Anton und zeigte auf die schwarz zitternde Wasserfläche. Anton beugte sich über die Brüstung. Auch er fühlte sich plötzlich von der schwarzen Tiefe merkwürdig angezogen. Doch die Stadt war verschwunden. Nur die Säulengänge spiegelten sich im schwachen Lampenschein wider.
»Ich versteh nicht … Dort lag gerade noch Stambul«, flüsterte Fanni. Sie war noch immer ganz benommen.
»Stambul?« Anton traute seinen Ohren nicht. »Du meinst das alte Stambul von früher?« Hatte der Schuhputzer doch recht gehabt? Aber bevor er Fanni fragen konnte, hatte Mama sie erreicht, die über den Steg gerannt kam, als sie die beiden an der Brüstung sah.
»Fanni, wir haben dich überall gesucht! Was machst du hinter der Absperrung?«, rief sie mit hoher Stimme. »Das ist doch hier alles baufällig.«
»Welche Absperrung?«, sagte Fanni wie im Traum.
»Na, die da!« Mama führte sie zu einer Kette, die quer über den Steg gespannt war. »Da steht's – in drei Sprachen.«

Fanni schaute auf die Kette und das Schild.
»Die war vorher nicht da«, sagte sie langsam und wie betäubt. »Ich schwör's.«
Mama schüttelte ratlos den Kopf. »Ich glaube, wir sollten jetzt lieber gehen. Das war genug Aufregung für einen Tag. Was sage ich, für eine *Woche*! Urlaub mit euch zweien hatte ich mir wirklich ein bisschen anders vorgestellt.«

War es der Cinci Hodscha?

Daheim im Hotel wartete Papa schon ungeduldig auf ihre Rückkehr. Er hatte im Restaurant einen Tisch bestellt, und die Geschwister mussten bis nach dem Essen durchhalten, bevor sie endlich in Ruhe miteinander reden konnten. Anton verzichtete sogar auf seinen Nachtisch, weil er vor Neugier platzte. Was war da gerade in der Zisterne passiert?
Als Mama und Papa sich schließlich zu Papas Journalistenkollegen an die Bar setzten, schnappte Fanni sich eine Schale Erdnüsse von der Theke, und die Geschwister ließen sich in ein Ledersofa fallen. Endlich waren sie unter sich. »Na los«, sagte Anton. »Was war denn das nun vorhin?«
Fanni erzählte, wie sie der komische Fisch angeglotzt und wie sich plötzlich das Wasser gekräuselt hatte und dass auf einmal das alte Stambul zu erkennen gewesen sei. »Gestochen scharf, ich habe sogar eine bestimmte Straße wiedererkannt. Aber davon gleich.«
»Dann hatte der Schuhputzer ja recht!«, rief Anton leise.
»Wieso der Schuhputzer?«, fragte Fanni. Anton berichtete ihr, was der unheimliche Alte ihm zugezischt hatte.

Jetzt war es Fanni, die aufgeregt wurde. »Na also! Dann war es eben doch keine Einbildung!«
»Was meinst du damit?«
»Na ja, in der Zisterne ist mir plötzlich klar geworden, wer dieser Schuhputzer in Wirklichkeit gewesen sein könnte. Er hat mir nämlich gleich Angst gemacht.«
»Wieso? Wer soll es denn in Wirklichkeit sein?«
»Ich glaube, es ist der Hüter der Dschinn – der Cinci Hodscha.«
»Was?!«, rief Anton so laut, dass sich einige Gäste nach ihnen umdrehten.
Fanni warf ihm einen mahnenden Blick zu. »Pssst, nicht so laut! Hast du ihn nicht wiedererkannt? Diese Falkennase, und vor allem diese unheimlichen stechenden Augen?«
Anton sah sie ungläubig an. »Stimmt schon, irgendwas war nicht richtig mit dem. Aber ich versteh's trotzdem nicht. Der Schuhputzer sah doch ganz anders aus als damals der Cinci Hodscha! Und außerdem, was hat er in unserer Zeit verloren?«
»Das weiß ich auch nicht. Aber jedenfalls kann er sich verwandeln, in wen oder was er will, egal, ob Mensch oder Tier. Das ist für den ein Klacks. Der hat so viel Macht, dass sogar Osman vor ihm zittert. Weißt du noch? *Sooo* klein mit Turban war Osman damals, als wir in diesem Keller bei ihm waren.« Fanni zeigte mit Daumen und Zeigefinger, wie klein sich Osman damals gefühlt hatte.
»Jedenfalls«, fuhr sie fort, »damals, als der Cinci Hodscha die Dschinn-Flasche geblasen hatte, da brauchte er von mir und Osman drei Haare, um sie in die Flasche mit einzuschmelzen. Erinnerst du dich?«
Und ob sich Anton erinnerte – wie könnte er diesen Besuch je ver-

gessen? Wie der Cinci Hodscha sie erst kaum empfangen wollte; wie er sie dann über feuchte Treppen in das Kellergewölbe geführt hatte, in dem Anton sich fühlte, als wäre er auf dem Meeresgrund; wie der Cinci Hodscha das Glas geblasen und die Flammen des blauen Feuers sich um den glühenden Stab gewunden hatten, als wären sie lebendige Schlangen. Und als der Cinci Hodscha die Haare von Fanni in die blauen Flammen geworfen hatte, hatte sie vor Schmerz kurz aufgeschrien.

»Das klingt jetzt vielleicht verrückt«, sagte Fanni und sah Anton vorsichtig an. »Aber irgendwie hat sich in dem Moment, als er meine Haare ins Feuer geworfen hat, etwas in mir eingebrannt. So, als hätten wir plötzlich eine … ich weiß auch nicht, wie ich sagen soll … eine Art Verbindung miteinander. Als könnte er meine Gedanken lesen. Ich hab es dir nie erzählt, aber als wir zum Palast zurückgeritten sind, habe ich seine Stimme in meinem Kopf gehört, als würde er direkt mit mir reden. Ich hatte das alles schon halb vergessen, aber in der Zisterne musste ich plötzlich wieder daran denken. Es war dieser Fisch, seine Augen und wie er mich angeschaut hat. Sag ruhig, ich spinne, aber da hab ich einfach gewusst: *Er* hat sich in diesen Fisch verwandelt! Und dann im Wasser diese Straße! Es war eindeutig die Glasbläsergasse, das kann doch kein Zufall sein.«

Anton sah sie mit schmalen Augen an. Fing Fanni jetzt wirklich an zu spinnen? Nein, sie hatte recht. Zufall war das jedenfalls nicht.

»Die Frage ist, was der Cinci Hodscha will. Versucht er, mit uns Kontakt aufzunehmen? Aber bei dem muss man aufpassen. Stell dir vor, du wärst ertrunken, als er dich in der Zisterne ins Wasser locken wollte! Das war ja nicht ungefährlich.«

»Aber vielleicht säße ich jetzt ja auch im Palast in Stambul! Wer

weiß?«, seufzte Fanni. »Vielleicht will er uns ja irgendwie zu Osman und Mehmed Ali lotsen?«
»Möglich wäre das«, gab Anton zu.
Fanni lächelte zum ersten Mal seit ihrer Pleite im Palast.
Anton nahm eine Handvoll Erdnüsse und lehnte sich behaglich zurück in die Lederkissen. »Auf jeden Fall sollten wir so schnell wie möglich wieder zum Gewürzbasar gehen, um den Schuhputzer zu treffen, oder? Am besten gleich morgen früh.«

Currypulver und ein plötzlicher Sturm

Während Papa am nächsten Morgen bedächtig sein hartes Frühstücksei aufklopfte, schwärmte Fanni ihm von dem Gewürzbasar vor. Da erlebte man eben noch das echte alte Istanbul!

»Das steht sogar im Stadtführer«, fügte Anton hinzu. »Du solltest ihn dir unbedingt mal anschauen, Papa. Wir gehen gern noch mal mit.«

»Auf jeden Fall«, flötete Fanni. »Ich wollte auch noch mal in den Laden, wo Mama gestern diesen coolen pinkfarbenen Strohhut gekauft hat.«

Mama freute sich über das seltene Kompliment, wunderte sich aber im Stillen. Erst konnte man Fanni und Anton kaum auf dem Basar halten, dann wollten sie unbedingt wieder hin.

»Warum nicht?«, sagte Papa gut gelaunt. Er musste seinen Vortrag über die Wiener Presse erst am Nachmittag halten und hatte nichts dagegen, sich von seiner Familie durch die Stadt führen zu lassen.

Als sie den überdachten Basar erreichten, durch den sich eine bunte Schnur von Läden zog, gingen die Geschwister zielstrebig zu dem Gewürzstand, neben dem der Schuhputzer gesessen hatte. Der indische

Händler trug heute ein zitronengelbes Hemd. Er hatte Mama und Papa gleich ins Visier genommen und lächelte ihnen erwartungsvoll zu. Der Platz neben ihm war leer. Hatte der Schuhputzer sich heute woanders niedergelassen? Fanni sah sich suchend um, doch der Alte war nirgends zu sehen.

Anton wandte sich an den Gewürzhändler und fragte: »Entschuldigen Sie, wissen Sie zufällig, wo der alte Schuhputzer heute ist, der gestern hier gesessen hat?«

Der Inder sah Anton überrascht an. »Was für ein gutes Türkisch der alten Schule, Sir! Aber welcher Schuhputzer? Hier gibt es keinen Schuhputzer. Außerdem – du trägst Turnschuhe, was gibt's da zu putzen?!«

Er lachte und wandte sich strahlend Papa zu. »Die besten Gewürze der Welt, Sir. Ausgezeichnete Qualität«, rief er. »Bitte, Sir. Hier, probieren Sie nur. Probieren Sie, Sir!«

Papa, dem diese Art einzukaufen zu gefallen schien, deutete auf die Currytürme. Der Gewürzhändler nahm ein Schäufelchen und ließ Papa daran riechen.

»Mmh, ja. Also, davon ein Tütchen, was meinst du, Monika?«

Mama war einverstanden, und der Händler füllte ein Säckchen mit Curry. Aber so leicht kam ihm dieser Kunde nicht davon! »Sir«, sagte er mit breitem Lächeln. »Machen Sie keinen Fehler, Sir, nehmen Sie zwei. Ich mache Ihnen einen sehr guten Preis, Sir!«

»Na gut«, sagte Papa und deutete auf einen anderen Curryturm, der etwas gelber war. »Dann vielleicht noch ein bisschen von diesem da?«

Der Händler drehte sich zur Seite um und stieß sein silbernes Schäufelchen in den gelben Gewürzturm. Niemand bemerkte das leise

Brummen, das plötzlich die Luft erfüllte. Es vermischte sich mit den Rufen der Händler und den Stimmen der Passanten. Fast konnte man es für das leise Dröhnen des fernen Verkehrs halten, aber langsam wurde es lauter und immer lauter. Auf einmal klang es wie ein Schwarm sehr wütender Hornissen.
Mama und Papa beugten sich gerade über Papas Brieftasche. Papa suchte nach einem passenden Geldschein und bemerkte nicht, wie ein kaltes, blaues Licht durch den Basar flog. Leere Einkaufstüten flatterten knisternd durch die Luft, Laternen schwankten an den Ladeneingängen. Ein Wind kam auf, der schnell stärker wurde und durch den Basar heulte. Als er die Metzgers ergriff, stieß Mama einen kleinen spitzen Schrei aus. Sie konnte gerade noch nach Papas T-Shirt greifen. Anton hatte seine Schwester am Arm gepackt.
»Es passiert!«, rief er aufgeregt. »Es passiert wirklich.«
Um sie herum funkelten Staubkörner, während sie tiefer und immer tiefer ins blaue Licht hineingezogen wurden. Papa hielt das Tütchen mit Currypulver umklammert; die Kamera um seinen Hals sprang hin und her, sodass sich der Riemen um sich selbst wand. Dann wurde auch die Kamera nach oben gezogen, der Riemen drückte jetzt gegen Papas Kinn und schob seinen Kopf nach hinten, sodass er nur nach oben schauen konnte und nichts sah als das blaue Licht, das die Metzgers immer weiter in sich hineinzog.
Es war alles so rasch gegangen, dass weder der Händler noch die anderen Passanten etwas bemerkt hatten. Der Wind hatte sich blitzschnell wieder gelegt. Die Laternen hingen regungslos wie zuvor.
»So gut, Sir?«, fragte der Händler und wandte sich mit einem gefüllten Schäufelchen um. »Aber Sie wissen ja, Drei ist die bessere Zahl als Zwei!« Überrascht hielt er inne. Seine Kunden waren wie vom Erd-

boden verschluckt. Nur ein leichter Nebel hing noch in der Luft. Er schaute in alle Richtungen.

»Touristen! Kein echter Sir!«, murmelte er kopfschüttelnd, dann bemerkte er den Geldschein, den Papa hingelegt hatte, und auf seinem Gesicht breitete sich ein Lächeln aus. »Er nimmt nur eine Tüte und zahlt für zwei! Ein kurioser Sir. Wären nur alle Kunden so!«

Willkommen im Palast

Wums! Unsanft landeten die Metzgers auf einem großen, mit Blumenmustern verzierten Teppich.

»Aua!«, rief Anton, der mit dem Po aufgeknallt war. Er wollte sich gerade nach Fanni und seinen Eltern umsehen, als er das zornige Gesicht bemerkte, das sich über sie beugte. Es gehörte zu einem Männchen mit einem juwelengeschmückten Turban auf dem Kopf und dicken Tränensäcken unter den rotgeäderten Augen, die sich jetzt weit aufgerissen auf die Metzgers richteten. Das Gesicht des Mannes war von Pockennarben übersät, auf denen kleine Schweißtröpfchen standen.

»Was soll das?!«, schrie er in dem alten arabischen Türkisch, das Anton schon länger nicht mehr gehört hatte. »Wer sind diese unschicklich gekleideten Kreaturen?« Der Mann schüttelte die zur Faust geballte Hand, die für seinen kümmerlichen Körper viel zu groß war. Wieso beschimpfte er sie nur so?

»Du hältst mich nicht zum Narren!«, fuhr der Mann mit dem Turban wütend fort. »Du wagst es, mir die Falschen zu liefern? Das wirst du mir büßen, noch ehe die Sonne untergeht!«

Wer war das nur, fragte sich Anton. Der tobende Mann war doch nicht der Vater von Prinz Achmed, der Sultan? Nein, das war unmöglich. Irgendein Chef aber musste er sein, das verrieten schon der Turban und die kostbare Kleidung. Hinter ihm standen in respektvollem Abstand Wachen mit ihrer Hand am Säbelgriff. Aus den Augenwinkeln hatte Anton auch schon den prunkvollen Raum wahrgenommen, in dem er mit Fanni und seinen Eltern auf dem Teppich kauerte. Hatte er diesen Saal nicht schon einmal gesehen?
Papa und Mama wirkten noch ziemlich benommen. Sie hatten kein Wort von dem verstanden, was der Turbanträger da gerade schrie. »Was ist denn passiert?«, fragte Papa, der neben Anton saß. »Wo sind wir hier überhaupt?«
Anton sah, dass Papa einen Klecks Currypulver auf der Nase hatte. Auch das Tütchen, das den Sturm gut überstanden hatte, hielt er noch fest umklammert.
»Es ist zwar eigentlich unmöglich, aber es sieht ein bisschen wie der Audienzsaal des Topkapi-Palastes aus«, flüsterte Mama Fanni zu.
»Ich glaube, es *ist* der Audienzsaal des Topkapi-Palastes«, flüsterte Fanni zurück, der langsam dämmerte, was geschehen war. Hatte Osman sie tatsächlich in die Vergangenheit geholt? Oder hatte etwa der Cinci Hodscha seine Finger im Spiel?
Papa war jetzt aufgestanden, die Kamera baumelte vor seiner Brust. Er starrte das Männchen an, das immer noch zeterte. »Und wieso beschimpft uns dieses – dieses Rumpelstilzchen?«
Bevor die Geschwister ihn aufhalten konnten, machte er einen Schritt auf den rotgesichtigen Mann zu und rief eines der drei türkischen Wörter, die er aufgeschnappt hatte. »Tamam!« Papa wusste nicht, dass es »Einverstanden« oder »Alles o. k.« hieß. Aber auch das half nicht.

Der Mann brach mitten im Satz ab und starrte Papa an. Er presste die dünnen Lippen zusammen, und sein Blick wurde eisig.
»Dieser Sohn einer Gurke wagt es, mich zu unterbrechen und vor mir zu *stehen*?!« Er lachte kurz unangenehm, dann zog er einen Stock aus Elfenbein aus seinem Gurt und stieß ihn Papa ohne Vorwarnung in den Bauch. Papa verlor fast das Gleichgewicht.
»Knie dich hin! Sofort! Bitte!«, flüsterte Anton und zog an Papas Hosenbein. Papa ließ sich unwillig wieder auf den Teppich fallen.
Da ertönte plötzlich eine piepsige Stimme hinter ihnen:
»Verzeiht, mein Meister, wenn ich Euren Zorn erregt haben sollte!«
Die Metzgers hatten die Stimme sofort wiedererkannt. Jetzt drehten sie sich überrascht um und blickten in das breite Gesicht des Dschinn. Osmans Doppelkinn zitterte, und die Schnurrbartenden bebten vor Aufregung. Unter seinem dunkelroten Gewand wölbte sich ein mächtiger Bauch. Mit einem dicken Finger zeigte er auf Anton.
»Dies ist der ehemalige Herr, den ich herbeiwünschen sollte.«
»Was! Wie?! Dieses blasse Bürschchen?«, schrie der Mann und schaute von Papa zu Anton.
»Und dieser unselige Sohn einer Gurke, wie Ihr ihn nennt«, Osman deutete auf Papa, »ist seine Begleitung. Nebst diesen zwei Jungfern hier …« Der Dschinn spitzte die Lippen. »Ganz so, wie Ihr es gewünscht habt … Wenn ich Euch richtig verstand …« Seine Stimme wurde leiser und verlor sich in einem nervösen Räuspern.
»Hallo, Osman!«, rief Anton. Er war erleichtert, den Dschinn zu sehen, auch wenn der sich bei dem Rumpelstilzchen einschleimte. Doch Osman schien gar nicht zu bemerken, dass Anton ihn angesprochen hatte. Seine Aufmerksamkeit war ganz auf den kleinen Mann gerichtet, den er ansäuselte:

»Hochwürdiger Herr, bei der Ehre der Dschinn, ich stehe Euch mit all meinen Kräften zu Diensten. Aber wenn Ihr einen Wunsch ausspr echt, müsst Ihr ihn auch in genaue Worte fassen. Ihr hattet meinen ehemaligen Herrn und seine Begleiter in den Palast gewünscht. Und so ist es geschehen. Ich dachte, Ihr meintet *diesen* ehemaligen Herrn« – er deutete wieder auf Anton. »Und ich glaubte, dass Ihr von *dieser* Begleitung hier spracht« – er warf Papa, Mama und Fanni einen unschlüssigen Blick zu.

Anton kannte den Dschinn gut genug, um zu merken, was da gerade passierte. Genau so hatte seine Stimme immer geklungen, wenn er Süßigkeiten geklaut hatte und sich herausreden wollte.

»Wie konnte ich ahnen«, fuhr Osman in gebückter Haltung fort, »dass Ihr einen anderen meintet? Ich war der Diener so vieler Herren.«

»Also, wo sind wir hier überhaupt? Können Sie mir das mal verraten, Herr Osman?«, unterbrach Papa den Dschinn. Allmählich verlor er die Geduld. »Aber ganz egal, wo wir sind«, rief er und erhob sich entschlossen vom Teppich, »Sie bringen uns sofort zurück. Ich muss heute Nachmittag einen Vortrag halten und komme viel zu spät. Über die Geschichte der Presse in Wien!«

»Bringt diesen Hund endlich zum Schweigen, oder ich mache es!«, zischte der kleine Mann zur Seite, ohne den Dschinn dabei aus den Augen zu lassen. Er machte einen Schritt auf Osman zu und stieß auch ihn mit seinem Elfenbeinstock in den Bauch. »Du weißt sehr wohl, dass ich mir den Prinzen herbeigewünscht hatte!«

»Aber, mein Herr!«, rief Osman aufgelöst. Er hielt sich den Bauch, wo der Mann ihn gepikt hatte, und trippelte in seinen goldenen Pantöffelchen vorsichtig ein paar Schritte zurück. Dann verneigte er sich so tief, dass die Feder auf seinem Turban den Boden berührte.

»Schande über mich und die Dschinn! Aber woher sollte ich wissen, welchen von meinen unzähligen Herren Ihr meintet?«
Mama hatte kein Wort von dem verstanden, was dieser Wüterich da von Osman wollte. Aber eines war klar: Auch sie hatte jetzt lange genug auf dem Teppich gekniet. Sie stand auf und stellte sich neben Papa. »Wer sind Sie überhaupt?«, fauchte sie den kleinen Mann an. »Und was fällt Ihnen ein, uns so zu beschimpfen?!«
Sie drehte sich zu Osman um. »Übersetzen Sie das, Herr Osman! Und dann bringen Sie uns bitte sofort wieder dahin zurück, wo Sie uns hergeholt haben – zum Gewürzbasar!«
Der Mann mit dem juwelenbesetzten Turban schaute von Papa zu Mama. Seine Augen glitzerten böse. Jetzt war auch er mit seiner Geduld am Ende. Er schlug mit dem Stock auf die Kissen seines Diwans und rief: »Nieder mit euch!«
»Auf die Knie, der meint es ernst«, flüsterte Fanni ihren Eltern zu. »Macht schnell!«
»Bitte!«, flehte Anton, und etwas in seiner Stimme verriet den Eltern, dass sie wohl besser gehorchten. Umständlich knieten sie sich wieder hin.
Osman verbeugte sich ein drittes Mal vor seinem Herrn.
»Ich verstehe nur zu gut, dass diese Leute eine Beleidigung für Eure Augen und Ohren sind, mein Herr und Gebieter«, sagte er und deutete mit einer wegwerfenden Geste auf die Metzgers. »Ihr müsst wissen, hoher Herr«, fuhr er fort und bohrte sich mit seinem beringten Finger im Ohr, »es sind Rüpel, die die Regeln des höflichen Umgangs nicht kennen. Ich selbst musste es am eigenen Leibe erfahren, als ich Unglücklicher noch bei ihnen diente.«
Fanni und Anton schauten sich mit großen Augen an. Ein Glück,

dass Papa und Mama nichts verstanden hatten. Was war bloß in den Dschinn gefahren?
Osman unterdrückte ein Gähnen. Anton wusste, was das bedeutete. Nach jeder Wunscherfüllung schlief Osman erst einmal ein. Dann konnte es ein paar Tage dauern, bis er wieder aufwachte.
Der zornige Mann klopfte zweimal leicht mit seinem Stock auf den Diwan. Sofort sprangen die Wachen herbei und erwarteten seinen Befehl.
»Hinaus mit ihnen«, murmelte er und deutete auf die Metzgers. »Sie können froh sein, dass ich sie noch am Leben lasse.«
Zwei Wächter packten Papa, die anderen hielten Anton, Fanni und Mama fest am Arm. Anton drehte sich noch einmal um und rief: »Osman!«
Doch der Dschinn stand immer noch lächelnd vor seinem neuen Herrn. Für Anton hatte er nur einen winzigen Seitenblick. Was war bloß mit ihm los? Und wer war dieser kleine mächtige Zwerg? Vor allem aber: Wo waren Prinz Achmed und Mehmed Ali?

Menschenauflauf und ein alter Freund

Zitronenbäumchen und plätschernde Springbrunnen schmückten den Palasthof, durch den Anton, Fanni und ihre Eltern abgeführt wurden, aber sie hatten keinen Blick dafür. Nach dem Halbdunkel der Palasträume blendete sie das gleißende weiße Sonnenlicht. Sie waren noch ganz durcheinander und gingen schweigend zwischen den Wächtern. Keiner wagte etwas zu sagen. Die Wächter sahen mit ihren Schnauzbärten und Säbeln ziemlich furchteinflößend aus. Ein reich verziertes Tor führte vom inneren in den großen äußeren Hof, wo alte Pferdeställe an den Mauern lehnten und Soldaten den Schwertkampf übten.

Wie anders hatte das alles gestern noch ausgesehen, bevor sie über dreihundert Jahre in der Zeit zurückgereist waren! Ob es Mama und Papa wohl auch aufgefallen war? Anton schielte hinüber zu ihnen.

Etwas verwirrt schauten sie gerade von den kämpfenden Männern zu einem dunkelhäutigen Diener, der in der scharlachroten Tracht der königlichen Sklaven an ihnen vorbeihuschte.

Als sie das große Haupttor erreichten, stießen die Wächter die Familie auf den staubigen Vorplatz hinaus.

Schüchtern blickten die Eltern sich um.
»Kinder, wo sind wir denn hier?«, fragte Mama mit leicht zittriger Stimme.
Hinter ihnen erhoben sich das Tor und die gewaltigen Palastmauern. Links blickte man hinab zum Meer, und auf der anderen Seite drängten sich grün und blau gestrichene Holzhäuser aneinander.
Da bemerkte Papa plötzlich die Menschen, die im Schatten der Palastmauer standen und neugierig zu ihnen herüberstarrten. Es mochten an die hundert Augenpaare sein, die auf die Metzgers gerichtet waren.
»Warum glotzen die uns so an?«, fragte er.
»Ach, die stehen wahrscheinlich schon länger hier und haben Langeweile«, sagte Fanni.
Einige Zuschauer grinsten, zeigten mit den Fingern auf die Metzgers und raunten ihren Nachbarn etwas zu.
»Ich glaube, die lachen über uns«, sagte Mama nervös.
»Unsinn«, antwortete Anton. Er wollte nicht, dass sich seine Eltern noch mehr beunruhigten. Sie hatten offenbar noch nicht bemerkt, wie sehr sie hier herausstachen. Mama trug heute leider ihr trägerloses schwarzes Minikleid und den neuen pinkfarbenen Strohhut mit Plastikblumen, den sie sich auf dem Gewürzbasar hatte andrehen lassen. Und dann Papa! Seine Hawaii-Shorts waren mit Haien und grünen Herzchen gemustert. Er trug ein *I love Istanbul*-T-Shirt, die Kamera hing ihm um den Hals, auf seinem Kopf saß eine blaue Baseballkappe, und seine Augen waren hinter einer spiegelnden Sonnenbrille verschwunden. Auch das Tütchen Currypulver fehlte nicht, an das er sich immer noch klammerte. Es war klar, sie wirkten hier wie Giraffen unter Zebras.
»Und was jetzt?« Papa sah sich unschlüssig um. »Kinder, ich fürchte,

wir müssen wieder zurück und mit Herrn Osman reden. Der hat uns das ja wohl alles eingebrockt.«

Mama wischte sich den Schweiß von der Stirn. »Ich glaube, ich brauch erst mal etwas Schatten«, sagte sie schwach. »Die Sonne ist hier unerträglich.«

Sie ging auf die Mauer zu, gefolgt von Anton, Fanni und Papa. Für die wartenden Zuschauer schien das eine Art Einladung. Kaum hatten die Metzgers einen schattigen Platz an der Mauer erreicht, wurden sie neugierig umringt. Die Leute starrten sie an, als erwarteten sie gleich eine Zirkusvorführung. In langen Gewändern, Pluderhosen und Turbanen schoben sie sich dicht an sie heran. Einige Frauen kicherten und zeigten auf Papas haarige Knie und seine verspiegelte Brille. Raue Hände befühlten den Stoff von Mamas Kleid und zogen an ihrem Hut. Immer mehr Schaulustige strömten herbei und schoben die anderen nach vorn, damit auch sie einen Blick auf diese merkwürdigen Gestalten erhaschen könnten.

»Hilfe!«, rief Mama, die sich kaum mehr rühren konnte. Wieder betätschelten sie Hände, und jemand grapschte nach ihrer Umhängetasche. Das war nun aber zu viel! Mama klatschte auf Finger und hielt ihre Handtasche abwehrend als Schutzschild hoch. Als ein Mann danach griff, konnte sie sie gerade noch an sich reißen und nach Papa rufen. »Tu doch was, Holger! Bitte! Hol uns hier raus!«

Papa versuchte gerade, mit dem Handy einen türkischen Kollegen zu erreichen, um ihn um Hilfe zu bitten. Das Telefon machte nur kurz »Tut-tut«, dann schwieg es. Papa drückte auf Wahlwiederholung.

»Das kannst du dir sparen«, sagte Fanni, die dicht neben ihm stand. »Riesiges Funkloch. Hier gibt's noch keine Sendemasten.«

Papa steckte das Handy wieder ein. Doch das silbern schimmernde

Kästchen, das so sonderbar piepte und grün aufleuchtete, hatte zu noch mehr Aufsehen geführt. Papa wurde von einer Gruppe Neugieriger bedrängt.
»Holger, so mach endlich was!«, rief Mama dazwischen. Da nahm Papa ihre Hand.
»Haltet euch aneinander fest und bleibt dicht hinter mir!«, rief er über die Schulter und versuchte, sich einen Weg durch die Menge zu bahnen. Mit aller Kraft quetschte er sich durch die bewegliche Menschenmasse. Ein Mann, den er dabei zu stark zur Seite geschoben hatte, taumelte und stolperte gegen zwei Frauen, die hinter ihm standen. Als er sein Gleichgewicht wiederhatte, stieß er einen Schwall von Schimpfwörtern aus.
Papa, der langsam die Nerven verlor, schüttelte die Faust und schrie zurück: »Lasst uns durch hier! Auf der Stelle! Tamam! Tamam! Aber dalli!«
Bis auf »Tamam« hatte keiner der Zuschauer ein Wort verstanden. Doch Papa hatte die Hand mit der Currytüte geschüttelt, und das war ein Fehler gewesen. Das Tütchen riss auf, und das Currypulver flog in die Runde. Jetzt kam noch mehr Bewegung in die Welle der Neugierigen, denn das Currypulver brannte in den Augen.
Eine Woge von Zorn wallte durch die Menge, und mehrere Schimpfsalven lösten sich aus ihr. Papa wurde immer stärker geschubst und versuchte, sich nach vorne durchzukämpfen. Dass sein Vater sich so wacker schlagen konnte, hätte Anton gar nicht gedacht. Papa war immer noch dabei, sich mit Händen und Ellbogen durch die Menge zu quetschen, als sie plötzlich vor ihm zurückwich.
Papa hat es geschafft!, dachte Anton stolz. Aber dann sah er, warum alle geflüchtet waren.

Vor Papa standen plötzlich vier Wächter. Sie mussten den Aufruhr bemerkt haben und hielten Papa wohl für den Anführer. Zwei von ihnen packten ihn an den Armen und wollten ihn abführen.
»Nein!«, schrie Anton und machte einen Schritt auf sie zu. Doch Mama hielt ihn fest und schubste ihn zu Seite.
»Hiergeblieben!«, rief sie zu Anton. Sie machte einen Schritt vor und griff einen Wächter am Ärmel.
»Lassen Sie sofort meinen Mann los!«, fuhr sie ihn an. Mit aller Kraft versuchte sie, den Wächter zurückzuhalten, bis die Naht seines Ärmels aufriss. Da wandte sich der Mann um und sah den zerrissenen Ärmel. Wortlos zückte er sein Schwert und führte Mama ab.
»Nein! Mama! Papa!«, schrie Anton und wollte hinterher.
»Haut ab! Schnell!«, rief Mama ihnen noch über die Schulter zu.
Fanni griff seine Hand und zog ihn bereits in die andere Richtung – weg vom Palast, weg von der Menschenmenge, die sich für einen Moment geteilt hatte.
»Los, weg hier!«, zischte sie ihm zu. Anton stolperte protestierend hinter ihr her. Sie rannten eine sanft abfallende Straße hinab und an den Holzhäusern vorbei. Die heißen Pflastersteine brannten unter den dünnen Sohlen ihrer Schuhe, aber sie merkten es kaum. Hinter einem überdachten Brunnen blieben sie atemlos stehen. Fanni drückte Anton zu Boden und kauerte sich neben ihn. Anton war den Tränen nahe.
»Wie kannst du einfach abhauen? Wir müssen Mama und Papa doch helfen!«, rief er mit erstickter Stimme. »Wir können sie doch nicht im Stich lassen.«
»Hör zu! Wir lassen sie nicht im Stich«, keuchte Fanni. »Diese Wächter waren richtig sauer. Die hätten uns sofort mitgenommen. Dann

säßen wir alle zusammen in irgendeinem Kerker fest. Und das war's dann. Jetzt sind wenigstens wir noch frei und können sie da rausholen.«

»Aber wie denn?!«

»Na ja, wir müssen Mehmed Ali und Prinz Achmed finden, damit Prinz Achmed dafür sorgt, dass Mama und Papa gleich wieder freigelassen werden. Verstehst du?«

Anton beruhigte sich etwas. Das klang halbwegs vernünftig. Wobei niemand wusste, wo Mehmed Ali und der Prinz steckten.

»Ich hab mir auch schon was überlegt«, fuhr Fanni fort. »Auf dem Markt gibt es doch diesen Schreiber. Erinnerst du dich? Der uns schon damals geholfen hat. Zu dem gehen wir jetzt und bitten ihn darum, dass er uns eine Nachricht schreibt, und die schicken wir dann in den Palast.«

»Wenn du meinst.«

Anton stand auf und spähte um die Ecke des Brunnens. Auf keinen Fall wollten sie den Leuten von vorhin noch mal über den Weg laufen. Doch zum Glück war die Straße in der Mittagshitze fast leer, und das Haupttor lag ein ganzes Stück von ihnen entfernt.

»Ich glaube, der Markt liegt in dieser Richtung«, sagte Fanni und deutete auf einen abschüssigen Weg, der von Platanen begrenzt war.

Als sie auf dem Platz angekommen waren, sahen sie sich fragend um.

»Das sieht ja alles ganz anders aus!«, rief Anton. Früher war hier ein großer Markt mit vielen Ständen und Händlern gewesen. Jetzt standen hier nur ein paar ärmliche Buden mit einer mageren Auswahl, als lägen Jahre der Dürre hinter der Stadt.

Die Geschwister wanderten an den staubigen Ständen vorbei und suchten nach dem Schreiber. Neugierig schauten die Leute sich nach ihnen um. In ihrer Kleidung fielen sie natürlich wieder auf. Einen Gemüsehändler, der sie besonders aufmerksam musterte, sprach Fanni an, ob er wisse, wo der Schreiber sei. Doch der sagte nur: »Für einen Schreiber hat heute keiner mehr Geld.«

Schließlich gaben sie die Suche auf.

»Ich habe eine andere Idee.« Fanni zog den alten Ring, den Mehmed Ali ihr einst geschenkt hatte, vom Finger. »Den schicke ich ihm in den Palast. Das wird er als Zeichen schon verstehen.«

Anton sah sie zweifelnd an. »Woher willst du wissen, dass du den Palastwachen vertrauen kannst?«, begann er, aber dann unterbrach er sich. »Fanni, ich glaube, das wird gar nicht nötig sein. Da, schau mal, wer da ist!«

Anton deutete auf einen hochgewachsenen Mann, der zwischen den Ständen entlangging. Er lief sehr gerade und balancierte würdevoll einen Korb auf dem Kopf. Nicht nur, weil er die anderen Leute um einen Kopf überragte, stach er heraus, sondern auch, weil seine Haut fast schwarz war. Er trug die scharlachroten Pluderhosen und die Weste eines Palastsklaven.

»Shükrü!«, rief Fanni überrascht. »Na, wer sagt's denn! Mensch, Anton, komm! Das ist vielleicht unsere Rettung!«

Doch Anton war schon losgesprungen. Etwas Besseres hätte ihnen gar nicht passieren können, denn Shükrü war Mehmed Alis treuer Diener. Bestimmt würde er sie in den Palast mitnehmen.

Als Anton ihm auf den Arm tippte, fuhr Shükrü erschrocken herum.

»Hallo, Shükrü!«, rief Anton. »Erkennen Sie uns wieder?«

Shükrü sah kurz hinab in die beiden Gesichter, die ihn erwartungsvoll anstrahlten, aber er lächelte nicht zurück. Er schien auch nicht erfreut, sie zu sehen.

»Natürlich«, sagte er gedämpft, rückte den Korb auf seinem Kopf zurecht und ging weiter. Anton und Fanni mussten große Schritte machen, um mitzuhalten.
»Warten Sie!«, rief Fanni überrascht. »Wir wollen mit Ihnen reden.«
»Was gibt's?«, fragte Shükrü, ohne sich umzudrehen.
Die beiden schauten ungläubig zu ihm auf. So unfreundlich hatten sie ihn noch nie erlebt. »Wir müssen unbedingt zu Mehmed Ali. Würden Sie uns bitte zu ihm bringen?«, fragte Fanni.
Diesmal wandte der Diener kurz seinen Kopf in ihre Richtung und warf ihnen einen fast verächtlichen Blick zu.
»Das kann ich nicht.«
Sie hatten das Ende des Marktes erreicht, und Anton war schon außer Atem, weil Shükrü immer noch so zügig ausschritt.
»Bitte, Shükrü. Wir müssen ihn wirklich unbedingt sehen!«
»Das ist unmöglich.«
»Aber warum?«, rief Fanni, die nicht verstand, weshalb er so abweisend war.
Jetzt blieb Shükrün stehen und sah die beiden lange an. Sein Blick war kalt und wirkte müde.
»Weil er nicht mehr da ist.«
»Was?« Fanni schluckte. »Wieso? Wo ist er denn?«
Shükrü zog die Brauen zusammen. Er schüttelte langsam und ungläubig den Kopf.
»Wo wart ihr die ganze Zeit? Wisst ihr nicht, was geschehen ist? Die ganze Stadt spricht von nichts anderem.«
Weil Anton und Fanni ihn nur hilflos anschauten, nahm Shükrü den Korb vom Kopf, stellte ihn ab und sagte dann mit einem schweren Seufzer: »Er ist vielleicht tot und Prinz Achmed auch.«

»Was!?« Fanni war blass geworden. Ein Schauer durchfuhr ihren Körper. »Was – was sagen Sie da?«
Auch Anton war die Farbe aus dem Gesicht gewichen.
Der Diener sah die beiden prüfend an. »Ihr hattet keine Ahnung?«
Sie schüttelten wortlos den Kopf. Fanni war auf einmal ganz schwindelig. Shükrü legte eine Hand auf Antons Schulter.
»Kommt.« Er nahm seinen Korb und führte die zwei zu einem schattigen Fleckchen hinter dem Markt. Von hier aus sah man die Hütten der Fischer, die sich an die Palastmauer drängten. Dahinter öffnete sich der Blick auf den weiten, glitzernden Bosporus.
Shükrü hockte sich in den Staub, Fanni und Anton setzten sich dazu.
»Was ist denn passiert?«, fragte Anton mit gepresster Stimme. Fanni starrte auf den Boden und spürte, wie Tränen in ihr aufstiegen.
»Mehmed Ali ist mit Prinz Achmed geflohen«, antwortete Shükrü. »Nachdem der Großwesir den verrückten Bruder unseres ehemaligen Sultans auf den Thron gesetzt hat, waren beide hier ihres Lebens nicht mehr sicher.« Shükrü zupfte an einem Stück Bast, das sich aus dem geflochtenen Korb gelöst hatte. »Bis gestern ließ der Großwesir im ganzen Land nach ihnen suchen. Dann wurde die Suche plötzlich eingestellt. Man munkelt, der Grund dafür sei, dass sie beide zu Tode gekommen sind.«
»Ich verstehe überhaupt nichts mehr«, sagte Fanni. »Welcher verrückte Bruder? Welcher Großwesir? War nicht Prinz Achmed zum nächsten Sultan bestimmt?«
»Ja, das war er«, antwortete Shükrü. »Das Volk hätte ihn auch mit Freuden als neuen Sultan gesehen. Der jetzige Sultan ist nämlich nur eine Marionette. Und an den Fäden zieht der Großwesir. Er hat die wahre Macht.«

»Aber wie hat er das geschafft?«, fragte Fanni weiter. »Prinz Achmed war doch beliebt!«
»Er hat die Janitscharen auf seine Seite gebracht. Sie haben ihm zur Macht verholfen. Und nicht nur sie allein. Der Großwesir hatte noch andere Hilfe.«
Shükrü schaute die Geschwister an. »Wenn ich euch einen Rat geben darf: Es ist besser, ihr macht euch auch aus dem Staub. Die Freunde des Prinzen leben heutzutage sehr gefährlich.«
»Und was war mit dem Dschinn?«, fragte Anton. »Wie konnte er das alles geschehen lassen?«
Shükrü schüttelte den Kopf und lachte bitter. »Der Dschinn? Ihr würdet ihn nicht wiedererkennen«, sagte er. »Er ist ein anderer, seitdem der Großwesir sein Herr ist.«
»Wieso ist der Großwesir sein Herr?! Wie kam der denn dazu?«, rief Anton ungläubig.
»Niemand weiß, wie der Großwesir sein Herr werden konnte. Jedenfalls ist er es«, sagte Shükrü.
Jetzt wurde Anton einiges klar. Der Großwesir, dem Osman nun diente, das war kein anderer als der wütende Zwerg vorhin – wer sonst?!
»Ist der Großwesir ein kleiner Mann mit vielen Juwelen im Turban? Und lauter Narben im Gesicht?«
Shükrü nickte. »Der neue Herrscher mit unserem alten Dschinn.«
Anton dachte daran, wie Osman ihn nicht einmal begrüßt hatte. Und das nach allem, was sie schon miteinander erlebt hatten! Wie schnell doch der Dschinn die Seiten wechseln konnte. Was sollten sie jetzt nur tun? Reglos saßen sie beieinander und hörten, wie am fernen Himmel über ihnen die Möwen kreischten.

Fanni, die bis jetzt geschwiegen hatte, sagte plötzlich: »Sie sind nicht tot. Ich weiß es.«

Ihre Stimme klang so entschieden, dass Shükrü und Anton sie überrascht ansahen. Sie blickte Shükrü direkt in die Augen. »Wohin wollten Mehmed Ali und Prinz Achmed denn fliehen?«

Der Diener wich ihrem Blick aus. »Das haben sie nicht verraten.«

»Aber es muss doch irgendeine Spur geben?«

Shükrü schwieg.

»Bitte, sagen Sie es mir«, drängte Fanni. »Sie wissen doch etwas. Und Sie wissen auch, auf wessen Seite wir stehen. Und dass wir Ihnen schon früher aus der Patsche geholfen haben. Bitte, Sie müssen es uns verraten!«

Shükrü zögerte und kämpfte sichtlich mit sich. Aber Fanni sah ihn so flehentlich an, dass er schließlich nachgab. »Vielleicht ist es sowieso schon zu spät«, sagte er und räusperte sich. »Ich hörte, wie Mehmed Ali dem Prinzen zuflüsterte, dass er ihn nach Edirne bringen würde. Dort hätten sie einen Verbündeten.«

»Dann auf nach Edirne!« Fanni war aufgesprungen und klopfte sich den Staub von der Kleidung.

»Was?!« Anton schaute seine Schwester verwirrt an. »Aber Fanni! Wir wissen doch nicht einmal, ob sie überhaupt noch am Leben sind. Und was ist mit Mama und Papa?«

»Der Prinz und Mehmed Ali *sind* am Leben«, sagte Fanni ernst. Ihr Ton duldete keinen Widerspruch. »Und sie werden uns helfen, Mama und Papa zu befreien.«

Ihr bestimmter Ton machte auch auf Shükrü Eindruck. »Ich zweifle an Eurem Plan, aber ich bewundere Euren Mut«, sagte er. »Wollt Ihr wirklich diese unsichere Reise wagen?«

»Ja. Wir haben sowieso keine Wahl.«

Anton sah sie fragend an. War das ein guter Plan und nicht nur verrückt? Es stimmte natürlich, dass sie sowieso in der Klemme steckten. Nach allem, was Shükrü sagte, konnte er sie unmöglich zurück in den Palast führen. Und selbst wenn – Mehmed Ali und der Prinz waren ja nicht mehr da. Und wer würde ihnen dann helfen? Osman ganz sicher nicht. Und im Kerker mit Papa und Mama wären sie auch keine große Hilfe …

Anton bemerkte, dass sich auf Shükrüs Gesicht zum ersten Mal ein winziges Lächeln abzeichnete. Fanni schien ihm zu imponieren. Jetzt deutete er auf ihre kurzen Hosen.

»In dieser Tracht werdet ihr die Reise aber kaum antreten können«, sagte er. »Kommt mit, wir werden sehen, was sich da machen lässt.«

Sie erhoben sich, und die Geschwister folgten dem großen Sklaven zurück auf den Markt, wo er die beiden mit weiten Hosen, Hemden, Westen und Turbanstoff ausstattete. Während Fanni und Anton sich im Schutz einiger Büsche umzogen, besorgte er Fladenbrote, Datteln, Pfirsiche und einen Wasserbeutel.

»Für die erste Zeit müsste das genügen.« Er band den Proviant in ein Bündel, das er geschickt aus Antons T-Shirt gefaltet hatte. Dann verneigte er sich vor den Geschwistern.

»Ich muss zurück in den Palast«, sagte er. »Sonst wird man Fragen stellen. Der Großwesir hat seine Spitzel überall. Und der Palast wird so streng bewacht wie nie.« Zum Abschied drückte er Fanni noch ein paar Geldstücke in die Hand. »Ich wünschte, ich könnte Euch mehr mit auf die Reise geben. Mögen sich Eure Hoffnungen erfüllen, denn es sind auch die meinen. Sadet baad!«

Fanni lächelte über den Gruß. Er bedeutete: »Möge das Glück ge-

schehen.« Mehmed Ali hatte es früher einmal zu ihr gesagt, als sie auf eine gefährliche Mission aufgebrochen war, und es auch in den Ring eingravieren lassen, den sie seitdem immer trug.
Shükrü schulterte seinen Korb, wandte sich um und verschwand, ohne sich noch einmal nach ihnen umzusehen, hinter den in der Sonne brütenden Ständen des Markts.

Ein Pfirsichkern und zehn Eselchen

»So«, sagte Anton, als Shükrü nicht mehr zu sehen war. »Jetzt möchte ich mal wissen, warum du so sicher bist, dass Mehmed Ali und Prinz Achmed noch am Leben sind.«

Er spielte nervös mit einer Packung Streichhölzer, die er zusammen mit dem Taschenmesser beim Umziehen in seiner alten Hosentasche entdeckt hatte. Noch an diesem Morgen hatte er sie im Ottoman Hotel als Souvenir für Papa eingesteckt. Wie weit weg das jetzt alles war! Hätten sie geahnt, was auf sie zukommen würde, wären sie vielleicht doch zu Hause in Wien geblieben.

Fanni hockte sich auf einen Felsbrocken, der im Schatten einer alten Platane lag, und nahm sich einen Pfirsich aus dem Proviantbündel.

»Los, gib mir auch einen«, sagte Anton und setzte sich dazu. »Und mach's nicht so spannend.«

»Also«, sagte Fanni kauend und sah ihren Bruder herausfordernd an. »Was glaubst du, warum uns Osman wohl hierhergeholt hat? Er hätte ja genauso gut irgendeinen anderen früheren Herrn herzaubern können, oder?«

»Na, das war ein Missverständnis. Hat er doch selber gesagt«, antwortete Anton.

»Genau das glaube ich eben nicht«, sagte Fanni. »Weißt du, da gibt es etwas, was du vielleicht nicht gesehen hast. Osman hat mir mitten in seiner Erklärung einmal kurz zugezwinkert. Jedenfalls kam es mir so vor.«

Anton hatte das Augenzwinkern zwar nicht bemerkt, aber dass Osman den Großwesir angelogen hatte, hatte er sich auch schon gedacht.

»Also gut«, fuhr er fort. »Nehmen wir an, er hat es mit Absicht gemacht. Nur warum?«

»Warte! Das war ja noch nicht alles«, sagte Fanni. »Denk an die Geschichte in der Zisterne. Das war ja auch kein Zufall.«

»Sondern eine Botschaft?«

Fanni nickte.

»Aber nicht von Osman.« Anton biss in seinen Pfirsich. »Du hast selbst gesagt, das war der Cinci Hodscha.«

»Der ist ja auch eine Art Super-Dschinn. Vielleicht versuchen beide, hier irgendwie einzugreifen. So oder so – aus irgendeinem Grund will irgendwer, dass wir hier sind.«

»Und der Grund wäre, dass wir Prinz Achmed und Mehmed Ali helfen sollen?«, fragte Anton.

»Ja, das glaube ich«, antwortete Fanni.

»Hmmm«, grübelte Anton laut. »Du willst doch vor allem Mehmed Ali wiedersehen, stimmt's?«

»Natürlich will ich ihn gern wiedersehen«, antwortete Fanni leicht gereizt. Dann schwieg sie für eine Weile. Es schien sie noch etwas anderes zu beschäftigen. Sie hob ein Steinchen auf und warf es auf den Weg, der sich nahe der Böschung durch alte Olivenbäume zog. Leise fuhr sie fort: »Wenn du die Wahrheit wissen willst – aber lach mich jetzt nicht aus!« Sie wirkte verlegen, als ob es ihr peinlich wäre.

»Es gibt da noch etwas. Damals, als wir beim Cinci Hodscha waren, da –« Fanni zögerte. »Ich hab dir doch erzählt, wie ich seine Stimme in meinem Kopf gehört habe, als wir weggeritten sind.«

»Jaaa?«, sagte Anton. Worauf wollte Fanni hinaus?

»Und dass ich irgendwie wusste, dass er der Schuhputzer war und dass er sich auch in diesen komischen Fisch verwandelt hatte. Und … also … das hatte ich jetzt gerade wieder. Genauso habe ich plötzlich gespürt, als wir mit Shükrü sprachen, dass wir Prinz Achmed und Mehmed Ali suchen müssen. Es ist wie eine innere Stimme. Ganz deutlich hat sie zu mir gesagt: *Sie leben, und ihr müsst sie finden.*«

»Na schön, und was ist bitte mit Mama und Papa?«

»Ich kann es dir nicht genau erklären«, sagte Fanni. »Aber ich weiß genau, dass es der einzig richtige Weg ist. Auch um Mama und Papa zu befreien.«

Anton seufzte schwer. »Nur weil du so ein Gefühl hast, willst du einfach losziehen und Mehmed Ali und Prinz Achmed irgendwo suchen?«

»Ja. Aber nicht irgendwo, sondern in diesem Edirne. Oder hast du einen besseren Plan?«

Anton hatte keinen besseren Plan. In den Palast, wo Osman und ihre Eltern waren, kamen sie nicht rein. Vielleicht gab es wirklich nur den einen Weg. Auch wenn er noch völlig im Nebel lag.

Anton stand auf und schleuderte seinen Pfirsichkern in hohem Bogen über die Böschung.

»Aua!«, krächzte eine heisere Stimme. Anton zuckte zusammen. Er

hatte den Mann nicht bemerkt, der neben der Böschung auf einem Esel den schmalen Weg entlanggeritten kam und nun fast auf ihrer Höhe war.
Der Mann rieb sich die Wange und starrte Anton böse an.
»Verzeihung«, rief Anton und wurde rot. »Er ... er ist mir aus der Hand gerutscht.«
Der alte Mann trug ein nicht mehr ganz sauberes weißes Tuch um den Kopf gewickelt; die Sonne hatte seine Haut ledern gegerbt. Sein hageres Gesicht hatte tiefe Furchen, und an seinem Kinn hüpfte ein weißes Ziegenbärtchen. »Dann pass nächstes Mal gefälligst besser auf«, brummte er und ritt weiter.
Eine gewisse Ähnlichkeit zwischen ihm und seinen Eselchen war unverkennbar. Schwer beladen trotteten sie in einiger Entfernung hinter ihm her. Als sie näher kamen, hörte man das helle Geklimper ihrer Glöckchen.
»Warten Sie«, rief Fanni, der plötzlich etwas einfiel. »Könnten Sie uns vielleicht sagen, wo wir die Straße nach Edirne finden?« Zu spät dachte sie daran, ihre Stimme etwas tiefer klingen zu lassen; sie war jetzt ja als Junge gekleidet.
Der Mann auf dem Esel hatte es zum Glück nicht bemerkt. »Gewiss«, brummte er, ohne sich umzudrehen. »Immer der Nase nach. Immer der Nase nach. Dann kommt ihr schon zum Stadttor nach Edirne.« Er verschwand in einer Staubwolke, die sich langsam hinter ihm ausbreitete.
Fanni und Anton sammelten ihre Habseligkeiten zusammen und wickelten sie in Antons Bündel. Dann gingen sie in die Richtung, die der Eseltreiber eingeschlagen hatte. Sie kamen an stillen Plätzen vorbei und an Holzhäusern, bei denen die Farbe von den Wänden ab-

blätterte. In Lumpen gekleidete Kinder spielten im Staub, und Fensterläden hingen schief in den Angeln. Fanni fiel auf, dass die Stadt in der Zisterne genauso ausgesehen hatte.
Endlich erreichten sie die Ruine der alten Stadtmauern und durchquerten einen dunklen Torbogen. Auf der anderen Seite sahen sie den Eseltreiber wieder. Er hockte mit geschlossenen Augen im Schatten einer Eiche vor einer Tränke, wo die Eselchen ihren Durst stillten.
Die Geschwister gingen an ihm vorbei und sahen sich unschlüssig um. Von hier aus führte eine gepflasterte Straße zwischen Feldern und Buschwerk in zwei Richtungen. Anton entdeckte einen Wegweiser am Straßenrand. Doch die Schriftzeichen waren auf Arabisch, und das konnte keiner von ihnen lesen.
»Ihr wollt nach Edirne?« Der Eseltreiber hatte sie bemerkt.
»Ähem – vielleicht«, antwortete Anton vorsichtig.
»Vielleicht?!« Der Mann lachte keckernd und sah ihn aus verwaschenen grauen Augen amüsiert an. »Es gibt kein Vielleicht, wenn man irgendwohin will. Entweder man will dorthin, oder man will nicht dorthin. Wobei ihr nicht so ausseht, als ob ihr die Strecke zu Fuß laufen könntet.«
»Wie weit ist es denn nach Edirne?«, fragte Anton.
Der Mann hob die Hand und wiegte sie hin und her. »Sieben Tage, wenn ihr schnell geht«, meinte er nach kurzer Überlegung. »Aber ich schätze mal, ihr braucht eher zehn, so wie ich auch.«
»Was?! Zehn Tage!«, rief Fanni erschrocken. Damit hatte sie nicht gerechnet.
»Die jungen Herren wollen nach Edirne und wissen nicht, wie weit es ist!« Wieder keckerte der Mann. Er war aufgestanden und trieb seine Eselchen zusammen, indem er seinen Stock auf ihre mageren Hin-

terteile sausen ließ. Die Tiere sahen recht dürr aus und viel zu klein für die prallen Säcke, die sie rechts und links auf dem Rücken trugen. Dann schwang er sich mit erstaunlicher Leichtigkeit auf seinen Leitesel und schnalzte mit der Zunge.

»Halt, wartet!«, rief Fanni. »Können wir vielleicht mit Euch reisen? Für … für ein paar Para?«

Sie zeigte ihm die Münzen in ihrer Hand. Die grauen Augen ruhten interessiert auf dem Geld.

»Also gut. Vielleicht mache ich für euch eine Ausnahme, in Allahs Namen.« Er deutete auf zwei Esel, deren Säcke etwas kleiner waren. »Hier, die wären was für euch«, sagte er. »Wenn wir uns einig werden.«

»Wie viel nehmt Ihr denn für die Reise?«, fragte Fanni.

Der Mann betrachtete Anton abschätzend. »Nun, du wiegst wohl eher so viel wie einer dieser kleinen Säcke. Fünf Para für dich«, sagte er und wandte sich zu Fanni: »Und du wirst eher das Gewicht eines großen Sacks haben: acht Para für dich.«

»Ergebensten Dank«, murmelte Fanni. »Wie ein großer Sack. Sehr charmant. Aber gut: Abgemacht.«

»Dann lasst uns gleich aufbrechen, damit wir vor Sonnenuntergang noch eine gute Strecke zurücklegen«, sagte der Mann. Wieder betrachtete er die beiden etwas genauer. »Könnt ihr überhaupt auf einem Esel reiten?«

»Na sicher«, sagte Fanni und kletterte behände auf den Rücken des etwas größeren Esels. Anton schaffte es erst beim zweiten Versuch. Es war eng und unbequem zwischen den Säcken, und er musste die Beine irgendwie dazwischenklemmen. Das Holzgestell, das über dem Rücken des Esels lag und an das die Säcke gebunden waren, war ziemlich hart unterm Po.

Der Mann schien das zu wissen, denn er schob jedem noch ein Strohkissen unter, bevor die Esel loszuckelten.
Sie waren wirklich nicht besonders schnell. Gemächlich schaukelten sie die staubige Landstraße entlang und an Feldern vorbei, über denen die Nachmittagssonne flirrte. Die Felder waren von tiefen Rissen durchzogen, und Büsche und Bäume waren mit einer grauen Staubschicht bedeckt. Das gleichmäßige Zirpen der Grillen vermischte sich mit den bimmelnden Glöckchen der Eselchen. Niemand sprach ein Wort, nur ab und zu schnalzte der Alte mit der Zunge, und sein Stock machte ein scharfes, knackendes Geräusch, wenn er durch die Luft sauste und auf den Flanken der Eselchen landete. Dann trabten die Tiere kurz etwas schneller, um gleich darauf wieder in einen bedächtigen Schritt zu verfallen.
Als Anton schon dachte, er könne die Hitze nicht mehr ertragen, wurde die Sonne endlich milder. Das Licht, das durch die Staubwolken fiel, wurde golden. Die Schatten zwischen den Bäumen verlängerten sich. Langsam gewöhnte Anton sich an das rhythmische Hin und Her auf dem Eselsrücken. Ein Glück, dass sie nicht versucht hatten, allein nach Edirne zu reisen, dachte er. Aber hoffentlich war es kein Fehler gewesen, Stambul zu verlassen, nur in der Hoffnung, Mehmed Ali und Prinz Achmed zu finden. Und wie es Papa und Mama wohl ging? Ob sie den Schock gut überstanden hatten?
Kurz nachdem die Sonne untergegangen war, machten sie Rast. Sie packten ihren Proviant aus und teilten die Datteln und das Brot mit dem Eseltreiber. Als sie fertig gegessen hatten, streckte der Alte die Hand nach ihrem Proviantbeutel aus. »Gebt her. Ich kümmere mich darum.«
Zögernd reichte Anton ihm den Proviant. Der Mann humpelte zu ei-

nem Baum, bog einen Ast herunter und band den Beutel mit einem Strick fest. Dann ließ er den Ast hochschnellen.
»So kommen keine Ameisen oder Tiere daran«, sagte er und setzte sich wieder zu ihnen. Es war inzwischen kühler geworden, und ein kleines Feuer, das der Alte mit zwei Feuersteinen angezündet hatte, knisterte gemütlich. Anton hatte kurz an seine Streichhölzer gedacht, aber das hätte nur unnötig Aufmerksamkeit erregt.
»Und nun erzählt! Warum wollt ihr nach Edirne, wenn ihr nicht einmal wisst, wo es liegt?«, fragte er, während er sich mit einem brennenden Span ein Pfeifchen anzündete.
Die Geschwister tauschten einen kurzen Blick.
»Wir – wir sind auf der Suche nach jemandem«, sagte Anton.
»Nach unserem Onkel«, fügte Fanni schnell hinzu, bevor Anton sich verplappern konnte. »Und unserem Cousin. Sie sind vor Kurzem dorthin gereist.«
»Vielleicht haben Sie die beiden gesehen?«, fragte Anton hoffnungsvoll. »Ein Junge, so alt wie ich. Sieht ein bisschen hochnäsig aus – ist er aber nicht. Und ein großer junger Mann mit sehr blauen Augen.«
»Nein, die habe ich nicht gesehen«, sagte der Eseltreiber und stieß Rauchringe in die Abendluft. Dann gähnte er und zeigte dabei seine Zahnstummel. »Wir kommen in den nächsten Tagen an einigen Karawansereien vorbei, da könnt ihr ja nach ihnen fragen.«
»An was?«, flüsterte Anton seiner Schwester zu.
»An einer Karawanserei«, antwortete Fanni. »Das ist eine Art Hotel.«
Eine Mondsichel stieg langsam über den Baumwipfeln empor. Der Alte löschte sein Pfeifchen und stopfte den ungerauchten Tabak vorsichtig in einen Beutel zurück. Durch die Blätter ging leise rauschend ein Wind, der sie frösteln ließ. Anton war froh, dass der Eseltreiber

ein Feuer gemacht hatte. Auf den Jutesäcken, die er jetzt dicht davor ausbreitete, würden sie zwar nicht besonders weich schlafen, aber dafür froren sie wenigstens nicht allzu sehr. Die Esel machten leise schnaubende Geräusche, und bald murmelte der Alte im Schlaf. Anton fragte sich, ob Mama es wohl auch halbwegs warm haben würde, bevor auch er einschlief.

In der Karawanserei

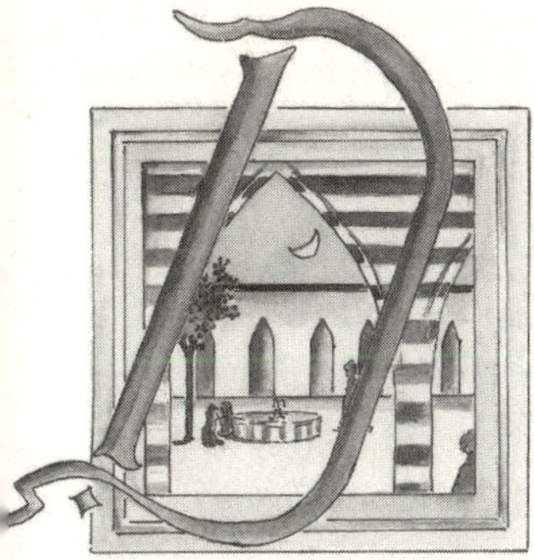

Die nächsten Tage gingen langsam und gleichförmig dahin. Mal sprengten Reiter an ihnen vorbei oder Pferdewagen überholten sie, und immer wieder rumpelten Ochsenkarren vorbei. Keiner war so langsam wie ihre Eselchen. Die Landschaft hatte sich seit dem ersten Tag kaum verändert. Immer noch wechselten sich Felder und Wälder ab, und manchmal war ein tiefblauer Streifen am dunstigen Horizont zu sehen.

»Das Meer«, erklärte der Eseltreiber, als Anton sich danach erkundigte. »Die Straße liegt in der Nähe der Küste.«

Sonst sprachen sie nicht viel miteinander. Der Eseltreiber schien Gesellschaft nicht gewohnt und hielt die Augen in die Ferne gerichtet. Fanni und Anton redeten auf Türkisch, wenn sie ein paar Worte wechselten, und hüteten sich in Hörweite ihres Führers, über Papa, Mama oder Mehmed Ali zu sprechen.

Die Eintönigkeit der Reise und der unruhige Schlaf machten Anton leicht benommen, denn noch vor Sonnenaufgang weckten ihn bereits die lauten Schreie der Vögel, und seine Glieder waren steif, weil Feuchtigkeit und Kälte in seine Kleider krochen. Zu gern hätte er tagsüber wie der alte Mann auf seinem Eselchen gedöst. Doch von der ständigen Schaukelei hatte er sich den Po wund gescheuert und lief lieber neben dem Esel her. Ab und zu kamen sie an Dörfern mit einfachen Lehmhäusern vorbei, wo Hühner laut gackernd aus dem Weg stoben. Wenn sie kurz Rast an einer Karawanserei machten, erkundigten sich die Geschwister unauffällig nach ihrem Onkel und ihrem Cousin … Aber niemand hatte die beiden gesehen. Erst am dritten Abend, als der Proviant aufgezehrt war, beschloss der Alte, in einer Karawanserei einzukehren und dort die Nacht zu verbringen.

Es war ein einstöckiges Gebäude mit einem kleinen Innenhof, das am Ende einer ärmlichen Straße lag. Neben einem Bretterverschlag waren die Tiere der Gäste angepflockt, wohin jetzt auch der Alte seine Eselschar trieb. Neugierig schaute Anton sich nach den Schlafgelegenheiten um. Hatte Fanni nicht von einer Art Hotel gesprochen? Na ja, ein Drei-Sterne-Hotel war es jedenfalls nicht. Vom Innenhof gingen niedrige dunkle Kämmerchen ab, in denen Strohsäcke lagen. Für einen Para konnten sie dort übernachten, was nach dem harten kalten Boden allerdings der reinste Luxus war, auch wenn die Säcke etwas klamm waren. Einen weiteren Para gab Fanni für Suppe und knuspriges Fladenbrot aus. Dazu reichte ein Diener ihnen Tee aus frischer Pfefferminze. Sie setzten sich auf den noch warmen Steinboden und genossen unter den Strahlen der Abendsonne die einfache Mahlzeit, die sie wieder mit dem Eseltreiber teilten.

»Allah vergelte es euch. Möge eure Großherzigkeit belohnt werden«, sagte er, als sie gegessen hatten. Dann erhob er sich und ging zum Hoftor, wo der Schein einer Öllampe unruhige Schatten warf. Dort war er bald in ein Gespräch mit einem graubärtigen Alten vertieft, zu dem er sich Pfeife rauchend auf einen verblichenen Teppich setzte.

Fanni hatte sich auf die Ellbogen zurückgelehnt, betrachtete die Sterne, die über ihnen im weißen Schleier der Milchstraße schimmerten, und hing ihren Gedanken nach. Am Brunnen und in den Schatten der Veranden saßen Männer in kleinen Grüppchen. Das Gemurmel ihrer Stimmen und das Plätschern des Wassers klangen über den Hof. Auch Anton war in Gedanken versunken. Eine Weile bemerkten sie deshalb beide nicht, dass der Eseltreiber sie zu sich winkte. Schließlich kam er auf sie zugehumpelt.

»Er dort kann euch vielleicht helfen!«, rief er und deutete mit dem Daumen auf den Graubärtigen am Tor. »Geht schon. Er ist der Vater des Besitzers hier und sieht alle, die durch dieses Tor kommen. Ich schaue nach den Eselchen«, sagte er und humpelte davon.

»Ich höre, ihr sucht einen Mann mit blauen Augen und einen Jungen, so alt wie du?«, sagte der Graubart mit Blick auf Anton, als Fanni und Anton sich zu ihm gesetzt hatten. Er sog an seiner Wasserpfeife.

»Genau«, sagte Anton eifrig. »Haben Sie etwa jemanden gesehen, auf den diese Beschreibung passt?«

»Gut möglich.« Der Alte war wie ein Beduine ganz in Weiß gekleidet. Die Lachfalten um Augen und Mund ließen sein Gesicht milde wirken. »Vor einer knappen Woche sind sie hier durchgereist. Auf zwei rassigen Pferden. Sie hatten es sehr eilig.«

Fanni schlug sich aufgeregt aufs Knie.

»Das könnten sie sein!«, rief sie. »Ach, wären wir doch schneller auf diesen Eseln!«

Die Äuglein des Graubarts blitzten. »Mir scheint, es ist euch sehr wichtig, diesen Onkel bald zu finden?« Er sog wieder an seiner Pfeife, und das Wasser machte blubbernde Geräusche. »Allerdings«, antwortete Anton. »Das Leben unserer Eltern hängt davon ab.«

»Soso? Wie denn das?« Der Alte legte den Kopf zur Seite und schaute die Geschwister neugierig an.
Fanni warf Anton einen strengen Blick zu. Er wurde rot. »Sie … sie sind zu Unrecht in den Kerker geworfen worden, und nur unser Onkel kann ihre Unschuld beweisen«, sagte er schließlich.
Zum Glück fragte der Mann nicht weiter nach. »Ich wünsche euch sehr, dass ihr euren Onkel findet und dass die Unschuld eurer Eltern bewiesen wird«, sagte er lächelnd. »Sie haben jedenfalls zwei prächtige Burschen, die sich so für ihr Wohl einsetzen.«
»Wenn wir nur schneller nach Edirne kämen«, murmelte Fanni vor sich hin und seufzte tief.
Der Bärtige deutete mit dem Schlauch seiner Wasserpfeife in den Sternenhimmel. »Es liegt alles in Allahs gütiger Hand.«

Noch bevor die Sonne ihre winzige Schlafzelle erhellt hatte, weckte der Eseltreiber die Kinder. Er wollte die kühlen Morgenstunden nutzen, um eine möglichst weite Strecke zurückzulegen. Rasch tranken sie noch einen süßen schwarzen Tee, den ein fliegender Händler im

Hof ausschenkte, dann holten sie die Eselchen aus dem offenen Verschlag und kletterten kalt und zitternd auf ihre Rücken. Der Geruch feuchter Erde mischte sich mit dem scharfen Gestank von Urin. Sie ritten über den von vielen Hufen festgestampften Boden durch das Gatter hinaus, der Eseltreiber schnalzte mit der Zunge und ließ seinen Stock durch die Luft sausen. Langsam zog der kleine Treck los. Da öffnete sich das Tor der Karawanserei, und jemand kam mit heftig schwenkenden Armen auf sie zugerannt.

»Wartet!«, rief er. »Ich habe Neuigkeiten!« Es war der Graubart, der, noch ganz verschlafen, im Laufen sein Turbantuch um den Kopf schlang.

Anton zog sofort die Zügel an.

Fanni beugte sich vor und rief:

»Haben Sie etwa von unserem Onkel gehört?«

Der Mann schüttelte den Kopf, sodass sein Bart über dem weißen Kaftan hin und her wippte. Er war außer Atem und konnte nicht sofort sprechen. Als er sie erreicht hatte, griff er Fannis Zügel.

»Das nicht, aber hört: Gestern Nacht traf zu später Stunde noch ein Reisender ein. Weil er so wenig schlafen konnte wie ich, kamen wir ins Gespräch. Der Mann stammt aus Edirne und hatte in Stambul geschäftlich zu tun. Im Laufe des Abends erzählte ich von euch und eurem Schicksal und – was soll ich euch sagen – die Geschichte hat sein Herz erweicht.«

Der Eseltreiber, der jetzt erst bemerkt hatte, dass die Geschwister ihm nicht gefolgt waren, wendete sein Tier und kam zurückgeritten.

»Was ist mit euch?«, rief er. »Wir haben keine Zeit für Bummeleien.«

»Ihr könnt schon losziehen!«, antwortete der Graubart. »Aber ohne die beiden.«

»Was?!« Fanni und Anton sahen ihn überrascht an.
»Hört zu!« Der Bärtige zwinkerte ihnen zu. »Der Fremde sagte, er hätte noch ein Pferd übrig. Er hat nämlich gerade in Stambul ein neues gekauft, wollte sich aber von dem alten nicht trennen. Es ist zwar kein edler Araber, sagte er, doch es tut seinen Dienst. Er stellt es euch zur Verfügung. Ihr müsst nur versprechen, auf direktem Wege nach Edirne zu reiten. Dort sollt ihr das Pferd an der windschiefen Pinie neben dem Palasttor anbinden, und da holt er es dann ab.«
»Ja, super!« Anton grinste Fanni zu, aber die betrachtete den Graubart argwöhnisch.
»Wie – er borgt uns sein Pferd? Einfach nur so? Ohne uns zu kennen? Wir könnten es doch klauen.«
Der Alte schüttelte den Kopf. »Er hat euch gesehen. Schlafend wie zwei Engel – ich ließ ihn mit der Laterne einen Blick in eure Kammer werfen. Er hat gesehen, dass ihr zwei ehrliche Menschenkinder seid und keine Diebe.«
Fanni zögerte noch. Konnten sie der Sache wirklich trauen?
»Wer … wer war denn dieser Fremde?«, fragte sie.
»Seiner Kleidung und seinem Wesen nach zu urteilen wahrscheinlich ein Kaufmann.«
Der Alte breitete die Arme aus und beschrieb einen üppigen Kreis. »Er sah aus wie ein Mann, der das Leben genießt und sich nichts vom Munde abspart.«
Fanni schaute immer noch zweifelnd.
»Er wird wohl durch eine gute Tat die Sünden seiner Vergangenheit wiedergutmachen wollen«, fuhr der Alte fort. »Ich vermute, davon hat er so einige …«
Als er Fannis verschlossenen Gesichtsausdruck bemerkte, schlug er

ungeduldig die Hände zusammen. »Ach, was verschwende ich meine Zeit! Erst fleht ihr um solch eine Gelegenheit, Allah erhört euch, und ihr stoßt sie mit beiden Händen zurück. Bitte schön.« Er wandte sich kopfschüttelnd ab.

Da mischte sich der Eseltreiber ein. »Gott schenkt euch ein Pferd, und ihr zögert noch?«, rief er. »Was seid ihr für ausgemachte Toren!«

»Sie haben ja recht«, sagte Anton schnell. »Natürlich nehmen wir das Angebot gern an. Können wir uns denn bei dem Mann bedanken?«

»Er ist schon fort. Noch vor Sonnenaufgang musste er aufbrechen. Aber er sagte mir, er würde sein Pferd im Stall lassen. Wir würden es an seiner schönen Feder erkennen und an seinem roten Fell.«

Anton war schon vom Esel gerutscht und ging zum Gatter zurück. Auch Fanni zögerte nicht länger und folgte ihm.

»Da! Das muss es sein!« Anton zeigte auf ein rundliches rotbraunes Pferd, das zwischen zwei Kamelen und vier Ochsen stand. Sein hübsches Zaumzeug war türkisfarben, und als es sich ihnen schnaubend zuwandte, wippte eine Feder auf seinem Kopf. Der Graubart deutete auf einen breiten Sattel, der auf einem Mäuerchen direkt daneben lag. »Der gehört zu ihm«, sagte er. »Da passt ihr beide gut drauf.«

Bestimmt wird die Reise jetzt bequemer, dachte Anton erleichtert. Er war zwar kein Pferdenarr, so wie Fanni, aber nach dem harten Holzgestell auf dem Eselsrücken war das hier ein Rolls-Royce. Fanni kraulte dem Pferd die Stirn und streichelte das weiche Fell. Sie hatte ihre letzten Zweifel endgültig besiegt. Mit einem Lächeln wandte sie sich den zwei Alten zu.

»Danke! Vielleicht haben wir jetzt doch eine Chance, sie zu finden.«

Das Pferd trippelte unruhig auf der Stelle und schnaufte schwer durch die Nüstern, als erst Fanni und dann Anton in den Sattel stiegen.

Fanni, die vorn saß, zog die Zügel an, schnalzte mit der Zunge und drückte die Fersen in die Flanken des Tieres. Es warf den Kopf hin und her und setzte sich langsam in Bewegung. Die Morgennebel lagen noch milchig über den Wiesen, die ersten Sonnenstrahlen lugten gerade zwischen den Baumwipfeln hervor. Die Geschwister winkten dem Eseltreiber und dem Graubart ein letztes Mal zu; dann schluckte sie der Nebel. Hätten sie etwas mehr über diesen großzügigen Kaufmann gewusst, wären sie wohl vor Schreck vom Sattel gerutscht.

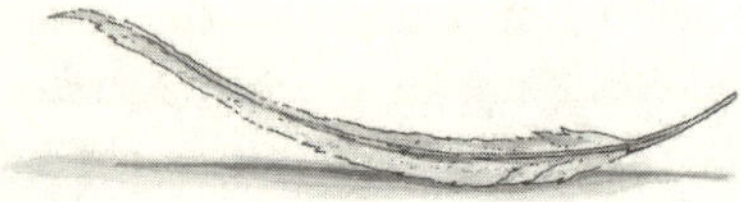

Ach, du dickes Pferd!

»Schau mal, wer uns da demnächst überholt!« Anton deutete auf die Staubwolke hinter ihnen, die immer näher kam. »Sogar die Eselchen sind schneller als wir.«

Ihr Pferd war nun wirklich kein Renner. Von Anfang an war es schnaufend und kopfnickend dahingeschritten, und alle Versuche Fannis, es anzutreiben, waren fehlgeschlagen.

»Einem geschenkten Gaul schaut man nicht ins Maul«, sagte sie und seufzte.

Anton gab dem Pferd einen Klaps auf das pralle Hinterteil. »Der ist einfach zu dick. Wahrscheinlich ist er zu verfressen.«

Kaum hatte er die Worte ausgesprochen, setzte sich das Pferd in Trab. Anton konnte sich gerade noch an Fanni festhalten, sonst wäre er gestürzt. Das Pferd fiel jetzt in einen Galopp, der immer schneller und schneller wurde.

Die Landschaft schoss an ihnen vorbei. Sie überholten Kamelkarawanen, Ochsenkarren und andere Reiter. Anton sah, wie die Tiere hastig an den Straßenrand gelenkt wurden und wie ihnen Männer mit geballten Fäusten hinterherschimpften. Doch da waren sie auch schon in der Staubwolke, die ihr Pferd aufwirbelte, verschwunden.

Fanni hatte sich tief über den Pferdehals gebeugt und hielt mit aller Kraft die Zügel fest.

»Er lässt sich nicht bremsen«, keuchte sie.

Anton klammerte sich mit einer Hand an Fanni fest und hielt mit der anderen das wehende Turbantuch. Ihm war ziemlich mulmig zumute. Ein Pferd, das durchging, hatte er bis jetzt nur in Cowboyfilmen gesehen; dass er einmal selbst auf einem sitzen würde, hätte er sich nicht träumen lassen. Die Geschwindigkeit war einfach halsbrecherisch.

»Vielleicht holen wir Mehmed Ali und Prinz Achmed doch noch ein«, rief er Fanni zu.

»Oder wir düsen an ihnen vorbei und merken es nicht«, rief Fanni zurück. Sie musste bei dieser Geschwindigkeit genau auf die Straße achten, über deren Steine ihr Pferd gleichmütig hinwegstob.

Die Mondsichel stand schon am blassblauen Himmel, als der Fuchs plötzlich langsamer wurde und auf einen mit Laternen erleuchteten Bau zutrabte. Es war eine Karawanserei.

Bis auf ein paar kurze Pausen waren sie fast den ganzen Weg im Galopp dahingejagt. Erleichtert und mit wackeligen Beinen rutschten Fanni und Anton vom Sattel. Anton brachte dem Pferd Wasser und Heu und klopfte ihm auf den Hals.

»Danke«, flüsterte er. »Du bist ein Retter in der Not.« Kurz darauf fielen die Geschwister erschöpft in einen tiefen, traumlosen Schlaf.

Am nächsten Tag schlug ihr Pferd das gleiche Tempo an. Fanni hatte vom Zügelhalten schon Blasen an den Fingern, und Antons Po war wund gescheuert. Zum Glück stach die Sonne nicht mehr so stark. Am Abend erhob sich vor ihnen im Dunst eine leichte Anhöhe, auf der eine Stadtmauer thronte.

»Welche Stadt das wohl ist?«, sagte Fanni besorgt. »Hoffentlich sind wir noch auf dem richtigen Weg.« Der Eseltreiber hatte nur kleinere Ortschaften erwähnt, die sie auf ihrer Reise durchqueren würden, aber keine größere Stadt.

»Am besten, wir fragen jemanden«, schlug Anton vor. Im langsamen Schritt ritten sie auf die Tore zu. Ihr Pferd ließ jetzt erschöpft den Kopf hängen. Die Dämmerung senkte sich schon über die Ebene; es war klar, dass sie für die Nacht eine Bleibe finden mussten. Ein dunkler Torbogen führte sie in enge Gassen; das Klappern der Hufe hallte zwischen den steinernen Hausmauern wider. Von ferne sahen sie einen Marktplatz mit einem überdachten Brunnen. Im Schein vieler Öllampen standen Händler vor windschiefen Buden und priesen ihre Waren an. Ihre Rufe mischten sich mit dem heiseren Gekrächz der Krähen, die in Schwärmen in den Abendhimmel aufstiegen. An den Mauern der nahe gelegenen Karawanserei knieten Kamele, um die streunende Hunde huschten.

Mit einem erleichterten Seufzer rutschten die Geschwister vom Pferd. Viel länger hätten sie es nicht mehr ausgehalten! Fanni ging gleich auf den nächstbesten Stand zu.

»Entschuldigen Sie bitte, wie heißt diese Stadt?«, fragte sie mit tiefer Stimme.

»Du bist in der einstigen Sultansstadt Edirne, Fremder«, rief der Händler, der Fladenbrote verkaufte.

»Was?!« Fanni durchfuhr es wie ein kleiner Schock. »Hast du das gehört, Anton?«
Verwirrt schauten sie den Händler an. Wie konnte das sein? Sie hatten doch noch mindestens fünf Reisetage vor sich gehabt, als sie sich vorgestern vom Eseltreiber verabschiedet hatten!
»Sind Sie ganz sicher?«, fragte Anton.
Der Mann lachte. »Sollte ich nicht wissen, in welcher Stadt ich lebe? Jetzt kauft ein Brot oder verschwindet.«
Fanni legte einen Para auf das Holzbrett, das als Theke diente, und der Mann gab ihr ein warmes Fladenbrot.
»Das Pferd war wirklich schnell«, sagte Fanni leise, als sie zu dem Brunnen zurückkehrten, wo Anton das Pferd an einer Tränke zurückgelassen hatte. »Aber dass es so schnell sein würde! Komm, wir bringen es zur Pinie und bedanken uns beim Kaufmann!«
Der Brunnen war nicht weit vom Stand entfernt, aber als sie dort ankamen, war der Platz an der Tränke leer.
»Oh, Anton«, rief Fanni. »Wo ist denn unser Pferd? Hast du es etwa nicht angebunden?«
Anton protestierte: Natürlich hatte er es angebunden!
»Dann hat es sich befreit, oder jemand hat es geklaut. Was machen wir jetzt nur? Wir haben doch versprochen, es zu dieser Pinie am Palasttor zu bringen.«
Die Geschwister suchten den Platz ab und fragten alle Händler, ob sie jemanden mit einem Pferd mit rötlichem Fell bemerkt hätten. Doch keiner hatte etwas gesehen. Inzwischen war es dunkel geworden, und Fanni und Anton stolperten bei ihrer Suche durch die unbeleuchteten Gassen. Sie fanden die schiefe Pinie am Palasttor, aber auch da stand kein Pferd. Auf ihrem Weg zurück zum Marktplatz fragten sie jeden,

dem sie begegneten, ob er einen dicken Fuchs gesehen hätte. Fanni fragte auch gleich nach ihrem »Onkel« und ihrem »Cousin«. Aber niemand konnte ihnen helfen. Das Pferd war verschwunden. Und von Mehmed Ali und Prinz Achmed keine Spur.
Der Mond stand inzwischen hoch am Himmel. Auf dem Markt packten die Händler ihre Waren ein, und nacheinander erloschen die Lämpchen auf dem Basar. Fanni schüttelte ihren Beutel aus: Es waren nur noch zwei Para und ein paar Asper darin. Das reichte kaum für eine Übernachtung in der Karawanserei. Außerdem mussten sie sich morgen noch etwas zu essen kaufen.
»Und jetzt?«, fragte Anton.
»Vielleicht gehen wir zum verabredeten Ort zurück«, sagte Fanni. »Falls der Kaufmann sein Pferd abholen will, sollten wir zumindest da sein und ihm erzählen, was passiert ist.«
Anton verzog unglücklich das Gesicht. Er hatte Angst vor dem Gespräch mit dem Mann. Wahrscheinlich würde er ziemlich sauer sein. Und das Schlimme war, er hatte ja recht. Bedrückt kehrten sie zur windschiefen Pinie zurück, um auf den Kaufmann zu warten.
Der moosige Boden war zum Glück noch warm, und auch die Steine der Palastmauern strahlten etwas von der Wärme ab, die sie tagsüber aufgesaugt hatten.
»Niemand hat Mehmed Ali und Prinz Achmed gesehen«, sagte Anton und streckte sich auf dem Boden aus. »Das heißt, entweder sind sie doch nicht nach Edirne gereist, oder sie sind noch nicht angekommen.«
»Wir haben ja noch nicht überall gesucht.« Fanni spürte selbst, dass sie nicht überzeugend klang.
Keiner von beiden wagte auszusprechen, was ihnen durch den Kopf

ging: Was wäre, wenn die ganze Reise umsonst war? Wenn Mehmed Ali und Prinz Achmed ganz woanders waren? Sie hatten fast kein Geld mehr und dazu das Pferd verloren, das ihnen ein gutmütiger Mann anvertraut hatte.
Fanni schlang die Arme fester um die Beine und lehnte sich an den Baumstamm. Sie wollte auf den Kaufmann warten. Doch niemand kam, und irgendwann fielen ihr die Augen zu. Der letzte Gedanke, bevor sie einschlief, galt ihren Eltern. Hoffentlich ging es ihnen gut. Sie machten sich bestimmt große Sorgen.

Am nächsten Morgen erwachten sie mit von der Nachtkühle steif gewordenen Gliedern. Anton knackte mit den Fingern, was ihm Fanni verbot, weil sie das Geräusch nicht hören konnte. Der Duft von Lavendel lag in der Morgenluft.
»Wie kriegen wir jetzt unser Frühstück?«, fragte Anton.
»Lass uns wieder zu dem Bäcker gehen!«, entschied Fanni.
Der Mann erkannte die zwei gleich wieder und lächelte ihnen belustigt zu. »Na, und in welcher Stadt befinden wir uns heute?«
»Immer noch Edirne«, lächelte Fanni zurück und vergaß für einen Moment, ihre Stimme zu verstellen. Als sie sich das Fladenbrot geteilt hatten, das er ihnen für einen Para gegeben hatte, waren sie immer noch hungrig. Es blieb ihnen nichts übrig, als durch den Basar zu streifen, der viel belebter war als am Abend davor. Zur Sicherheit sahen sie noch einmal an der Tränke nach, aber da war noch immer kein Pferd. Auf dem Weg zurück bemerkte Anton plötzlich einen korpulenten Herrn, der sich weiter vorn durch die Menschenmenge schob. Als er seinen Kopf drehte, blitzte an seinem Turban eine Feder auf. Konnte das etwa …

Anton rannte sofort los. So schnell es ging, bahnte er sich einen Weg durch die Menge, doch als er die Stelle erreichte, wo er den dicken Mann gesehen hatte, war der bereits verschwunden.
»Hallo, was ist denn?« Fanni war ihm hinterhergeeilt. »Hast du etwa Mehmed Ali gesehen?«
»Nein. Aber jemanden, der fast wie Osman aussah! Ich hätte schwören können ...«
»Vielleicht hast du langsam Wahnvorstellungen vor Hunger«, sagte Fanni und sog sehnsüchtig den Duft von gebratenen Fleischspießchen ein, der in einer Schwade an ihnen vorbeizog. Auch Antons Magen knurrte, und er versuchte, nicht auf die gegrillten Maiskolben zu starren, die an einem anderen Stand verkauft wurden. Er runzelte die Stirn und dachte noch an den dicken Mann, der wie Osman aussah, als er hörte, wie jemand sie rief.
»Hey da! Hey, ihr Fremden!«
Es war der Bäcker, bei dem sie ihr Fladenbrot gekauft hatten. »Kommt doch mal her!« Er winkte sie zu sich. »Kannst du gut rechnen?«, fragte er Fanni, die den Stand als Erste erreicht hatte.

»Ja, kann ich«, sagte Fanni, und Anton schmunzelte innerlich. Kaum übertrieben! Sie konnte kaum das kleine Einmaleins.
»Gut«, erwiderte der Bäcker. »Sagt mal, ihr seht immer noch hungrig aus. Wollt ihr euch ein Brot verdienen? Vor dem Feiertag ist hier immer besonders viel los.«

»Ja, gern«, antwortete Anton, bevor Fanni etwas sagen konnte.
»Also schön. Du kümmerst dich um den Verkauf«, sagte er zu Fanni und deutete auf den Platz neben sich. »Und du«, er zeigte auf Anton, »du holst die Brote aus dem Ofen, wenn sie fertig sind.« Er drückte Anton eine lange Holzschaufel in die Hand.
Während der Bäcker den Teig für neue Brote knetete und Anton am Ofen stand, verkaufte Fanni die frischen Backwaren. Die Asper waren hier wie die Cents, das hatte sie schon verstanden, aber wie viele davon einen Para ergaben, hatte sie vergessen. Zum Glück brachten die meisten Käufer das passende Kleingeld mit. Wenn sich einer beschwerte, dass sie zu wenig herausgab, drückte sie ihm die fehlenden Münzen in die Hand und scherzte: »Man kann es ja mal versuchen!« Sie schien beliebt, und die Kette der Kunden riss nicht ab. Die Arbeit machte ihr sogar Spaß.
Als es schon fast Abend geworden war, trat eine hochgewachsene Frau auf Fanni zu. Sie trug einen langen Umhang, der ihr Gesicht und ihren Körper verhüllte. Stumm deutete sie auf zwei Fladenbrote. Als Fanni ihr die Brote reichte, zwinkerte die Frau ihr zu. Fanni ließ fast das Wechselgeld fallen und starrte die Frau verblüfft an. Sie hatte strahlend blaue Augen.
»Wartet nach Sonnenuntergang am Brunnen«, murmelte sie mit tiefer Stimme.
»Bist … du das, Mehmed?«, flüsterte Fanni, doch da hatte die Frau sich schon abgewandt und war im Gewühl verschwunden.
Fanni war so durcheinander, dass sie dem nächsten Kunden gleich vier Fladenbrote in die Hand drückte, obwohl er nur für zwei bezahlt hatte. Am liebsten wäre sie sofort hinter den Stand gelaufen, um Anton die aufregende Neuigkeit zu erzählen. Aber immer neue Kunden

drängten heran, und Fanni musste sich gedulden, bis der letzte bedient war. Erst als die Öllämpchen angezündet wurden, löschte der Bäcker das Feuer im Lehmofen.

»Für heute ist es gut. Ihr habt euch euer Brot redlich verdient«, sagte er und reichte den beiden je zwei Fladenbrote und einen Para. »Und wenn ihr für heute Nacht eine Bleibe sucht, könnt ihr meine Gäste sein.«

»Oh, danke!«, rief Anton erleichtert, denn das Moos unter der Pinie war doch ziemlich feucht gewesen. Fanni unterbrach ihn.

»Das ist sehr nett, aber es geht nicht. Vielen Dank! Aber wäre es möglich, dass wir hier unter Ihrem Stand schlafen?«

»Wenn euch das lieber ist, könnt ihr das gern machen«, antwortete der Mann gleichmütig und begann, die Asche aus dem Ofen zu kratzen. »Ganz so bequem wie auf unserm Dach wird es jedoch nicht sein.«

Anton nahm Fanni zur Seite. »Wieder auf dem harten Boden? Ist das etwa dein Ernst?!«, flüsterte er.

»Ja«, antwortete Fanni und strahlte ihn an. »Mehmed Ali war vorhin hier, und wir werden ihn heute Nacht treffen.«

Das Versteck in der Ruine

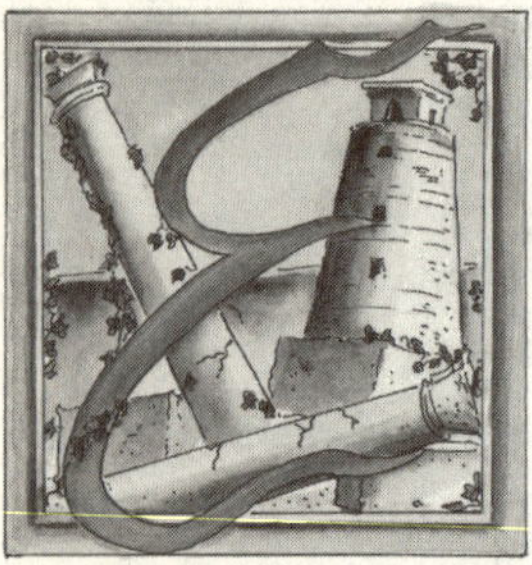

Es war inzwischen dunkel geworden, und die letzten Händler zogen mit ihren ratternden Wägelchen über den gepflasterten Platz nach Hause. Das Licht ihrer schaukelnden Laternen flackerte über den Brunnen und ließ die Schatten der Kamele an den Wänden der Karawanserei tanzen.

Dann war alles still, nur ein paar streunende Hunde waren noch unterwegs, die auf der Suche nach Abfällen durch die verlassenen Stände streiften. Ab und zu huschte eine Gestalt vorbei und verschwand in einer der vielen Gassen. Bald senkte sich eine tiefe Ruhe über den Platz. Fanni und Anton kauerten unter der Ladentheke auf leeren Jutesäcken, die der Bäcker ihnen für die Nacht dagelassen hatte. Seit Anton wusste, auf wen sie warteten, war ihm der harte Boden egal.

»Nur wegen dieses Pferdes habe ich immer noch ein schlechtes Gewissen«, murmelte er, während er den kratzigen Sack als Decke um sich schlug.

Da zupfte Fanni aufgeregt an seinem Ärmel. »Da, schau mal«, flüsterte sie. »Das könnte er sein!«

Fanni deutete auf eine große, schlanke Gestalt, die langsam auf den

Brunnen zuging. Sie war von oben bis unten in einen Umhang gehüllt und trug einen Wasserkrug in der Hand. Leise erhoben sich die Geschwister, krochen aus ihrem Versteck und schlichen zwischen den leeren Ständen zum Brunnen. Antons Herz schlug etwas heftiger vor Aufregung.

Die verhüllte Gestalt ließ gerade den mit einem Seil an den Brunnen gebundenen Messingeimer hinab. Klatschend landete er tief unten im Schacht. Vorsichtig ging Fanni auf sie zu.

»Hallo«, sagte sie halblaut. Anton merkte, dass ihre Stimme leicht zitterte. Die verschleierte Gestalt zog langsam den Eimer hoch und stellte ihn auf dem Brunnenrand ab. War es wirklich Mehmed Ali, oder hatten sie sich geirrt? Fanni und Anton wollten sich schon wieder zurückziehen, da hörten sie die vertraute Stimme:

»Ich bin so glücklich, euch zu sehen.«

»Und ich erst«, antwortete Fanni selig. Auch Anton strahlte ihn an.

Mehmed Ali nahm den Schleier vom Gesicht. Seine Augen blitzten, seine ebenmäßigen Züge waren etwas hagerer geworden, und er hatte Falten um die Mundwinkel bekommen, die ihn älter wirken ließen. Wann hatten sie ihn zum letzten Mal gesehen? Das war im Winter in Wien gewesen, überall hatte Schnee gelegen. Anton erinnerte sich noch, wie verzweifelt Fanni nach dem Abschied gewesen war. Und jetzt waren sie wie durch ein Wunder wieder alle zusammen! Und bei diesem Wunder schien Osman seine Finger im Spiel gehabt zu haben, wenn auch keiner wusste, warum.

»Wir dürfen hier nicht gesehen werden«, sagte Mehmed Ali mit gedämpfter Stimme. »Wir sind in großer Gefahr. Folgt mir zu unserem Versteck, wo euch Prinz Achmed schon ungeduldig erwartet. Kennt ihr die Ruine am Stadttor?«

»Die mit den hohen alten Säulen?«, fragte Fanni. Bei ihrer Ankunft waren sie daran vorbeigeritten.
»Dorthin gehe ich jetzt vor«, flüsterte Mehmed Ali. »Ihr wartet hier noch eine kleine Weile, und dann kommt ihr nach. Geht durch den Torbogen in die Ruine. Und achtet darauf, dass euch niemand folgt!« Er nahm den Krug und legte den Schleier wieder an. »Sadet baad«, flüsterte er und berührte zum Abschied Fannis Schulter.
Fanni schaute ihm nach. Fahles Mondlicht lag auf dem leeren Platz, über den er mit raschen Schritten davonging. Nur die Kette eines Kamels, das sich im Schlaf bewegte, klirrte leise. Fröstelnd warteten die Geschwister noch einen Moment, bevor sie sich auf den Weg zum Stadttor machten. Die Gassen waren wie ausgestorben, die Fensterläden zugeklappt. Hier und da dösten Hunde, dicht an die wärmenden Hauswände geschmiegt. Sie hoben kurz die Köpfe, als Fanni und Anton vorbeischlichen. Es war bereits sehr spät, aber beide waren viel zu aufgeregt, um sich müde zu fühlen.
Bald erhoben sich vor ihnen die dunklen Mauern des Stadttors. Unweit davon ragten vier mächtige Säulen in den blassen Nachthimmel. Hier irgendwo musste der Eingang zur Ruine sein, von dem Mehmed Ali gesprochen hatte. Sie irrten umher, bis Anton hinter einer Mauer einen verfallenen Torbogen sah.
»Ob er den gemeint hat?«
Sie kletterten über riesige Quadersteine und umgestürzte Säulen. Anton schaute sich um. Früher musste das eine prächtige Halle gewesen sein, aber jetzt war alles eingefallen. Ein Eingang war im Mondlicht nicht zu erkennen. Anton wollte schon weiterklettern, da berührte jemand seine Schulter.
»Kommt!« Mehmed Ali war wie aus dem Nichts aufgetaucht. Er

grüßte sie leise und stieg über die Mauerreste zurück zum Tor. Fanni und Anton folgten ihm vorsichtig. Mehmed Ali stand neben einem Steinhaufen und zeigte ihnen einen Schacht, der in einen niedrigen Tunnel führte.

»Bückt euch«, flüsterte er, nachdem sie hinabgestiegen waren. Der Tunnel war eng. Gebückt krochen sie durch das pechschwarze Dunkel und tasteten sich an den kalten, feuchten Wänden entlang. Unter ihren Füßen spürten sie Schutt und Geröll.

»Wo sind wir hier?«, flüsterte Anton mit krächzender Stimme, die durch den Tunnel einen dumpfen Klang annahm.

»Unter einem alten römischen Badehaus«, antwortete Mehmed Ali. »Ich vermute, hier wurde vor vielen Hundert Jahren der heiße Dampf durchgelassen. Vielleicht war es aber auch ein Gang für die Bediensteten. Das weiß heute keiner mehr so genau.«

Allmählich stieg ihr Weg an, und auf einmal sahen sie Licht. Mehmed Ali kletterte zuerst aus dem Tunnel und half dann Fanni und Anton hinauf. Sie waren in einem hohen, gewölbeartigen Raum. In der Kuppel über ihnen klaffte ein großes Loch, durch das der Mond schien. An den Wänden und auf dem Boden erkannte Anton Überreste von Mosaiken. Ein leichter Rauchgeruch lag in der Luft. In einer Ecke des Raumes brannte eine Laterne, in deren mattem Schein man Decken und Felle sah, auf denen Satteltaschen lagen. Zwei schwarze Pferde schnaubten und traten unruhig von einem Bein aufs andere. Hinter ihnen löste sich jemand aus dem Schatten und trat mit ausgebreiteten Armen auf die Geschwister zu.

»Prinz Achmed!«, rief Anton mit leiser Stimme.

»Mehmed Ali besteht darauf, dass ich vorsichtig bin«, sagte Prinz Achmed entschuldigend und umarmte Anton, seinen früheren Sklaven, der ihm das Leben gerettet hatte. Dann verneigte er sich vor Fanni. Sein Gesicht war schmaler geworden, und seine grauen Augen unter den langen Wimpern schienen größer. Die Strapazen der letzten Zeit hatten offenbar ihre Spuren hinterlassen. Er wirkte ernst und doch glücklich, die beiden zu sehen. Früher war er so überheblich gewesen, aber davon war jetzt nichts mehr zu spüren.

Mehmed Ali nahm den Schleier und seinen Umhang ab und verstaute sie in einer Satteltasche. »Kommt, setzt euch«, rief er. »Wir haben einander viel zu erzählen und ein überraschendes Wiedersehen zu feiern.« Lächelnd blickte er Fanni an.

Sie machten es sich auf den Decken und Fellen bequem. In einem kleinen Eisenofen brannte ein Feuer.

»Ich habe in der Stadt gehört, wie zwei Jungen einen Händler nach ihrem Neffen und ihrem Onkel fragten«, begann Mehmed Ali. »Und die Stimmen dieser Jungen habe ich gleich wiedererkannt. Aber ...«, unterbrach er sich, »ihr habt doch sicher Hunger?« Mehmed Ali holte Brot und Früchte aus einer Satteltasche und fuhr dann fort: »Nun, und daraufhin bin ich den beiden Burschen unauffällig gefolgt. Der eine hat mir sogar falsch herausgegeben.« Er zwinkerte Fanni zu. »Etwas von diesem ausgezeichneten Fladenbrot?«

»Hab ich selbst gebacken«, sagte Anton und riss ein Stück davon ab. Nachdem sich jeder einen Bissen genommen hatte, fragte Mehmed Ali: »Wie habt ihr es aber nur geschafft, in unsere Zeit zu kommen? Ich hatte gefürchtet, ich würde euch nie wiedersehen! Habt ihr Armen denn im Palast nach dem Versteck hinter der Kachel gesucht? Doch das ist eine Geschichte für sich.«

»Wir waren gerade mit Papa und Mama in Istanbul«, antwortete Fanni. »Und wir haben wirklich nach dem Versteck gesucht, aber hinter der Kachel war es leer, und dann hat uns Osman hierhergeholt.«

»Wie?« Mehmed Ali sah sie überrascht an. »Osman? Aber warum?« Er wechselte einen düsteren Blick mit Prinz Achmed, der trotz des Ofens zu frösteln schien.

»Ja, Osman. Wir waren sozusagen dabei!« Und nur von Anton unterbrochen, der ihr immer wieder ins Wort fiel, erzählte Fanni, wie sie im königlichen Audienzsaal gelandet waren und wie der giftige Gartenzwerg sie beschimpft und Osman eine furchtbare Szene gemacht hatte. »Mit dem Giftzwerg meinen wir natürlich den Großwesir!« Fanni musste schwer schlucken, als sie zu Mama und Papa kam, die vielleicht noch immer im Kerker saßen. Mit gerunzelter Stirn hörte Mehmed Ali ihnen zu.

»Ich frage mich, welchen Plan der Dschinn im Sinn hatte, als er euch hierhergeholt hat«, sagte er und seufzte.

Prinz Achmed versuchte, die Geschwister zu beruhigen. »Als Erstes, wenn ich auf dem Thron bin, kümmere ich mich um die Freilassung eurer Eltern. Und das wird hoffentlich nicht mehr lange dauern«, sagte er, als wollte er sich selber Mut machen. »Doch erzählt weiter.«

Fanni nahm sich noch ein Stück Fladenbrot. »Dann haben wir Shükrü getroffen. Er hat uns verraten, wohin ihr geflohen seid. Aber keine Sorge, er ist euer treuester Diener.«

»Das weiß ich wohl«, antwortete Mehmed Ali. »Ich weiß sogar, dass er euch unser Ziel verraten hat. Deswegen hielt ich ja nach euch Ausschau.«

»Aber woher kannst du das wissen?«, fragte Anton überrascht.

»Er hat mir eine Nachricht geschickt.«

»Wir waren doch schneller als jeder Bote«, sagte Fanni.

»Nicht so schnell wie dieser hier.« Mehmed Ali deutete auf einen kleinen Käfig in der Ecke. »Das ist meine beste Brieftaube.«
Anton war beeindruckt. »Das ist ja toll. Und woher wusste sie, wo sie euch finden würde?«
»Ich hatte sie bei der Flucht mitgenommen und Shükrü eine Botschaft geschickt. Er antwortete mir, und die Taube fand ihren Weg hierher zurück«. Mehmed Ali deutete auf das Loch in der Decke, durch das blassgelbes Mondlicht fiel. »Zum Glück fand sie den Weg, denn Shükrüs andere Nachricht war schlimm genug. Doch davon später.«
Mehmed Ali machte eine knappe Bewegung mit der rechten Hand, als verscheuchte er böse Gedanken wie Fliegen.
»Es gibt nur ein Gutes an unserer furchtbaren Lage«, sagte er und lächelte Fanni und Anton an. »Dass sie uns wieder zusammengeführt hat!«
Der Prinz schaute unglücklich zu Boden. »Eine Lage, in die allein ich uns gebracht habe«, sagte er kleinlaut.
»Aber Prinz Achmed«, widersprach ihm Mehmed Ali. »Nehmt nicht die Schuld für alles auf Eure Schultern. Ihr wart einfach zu gutgläubig!«
Der Prinz hob die Hand. »Nein, Mehmed, ich will nichts beschönigen. Unsere Freunde sollen die Wahrheit erfahren.« Sein Blick ruhte auf den Geschwistern. Er wirkte dabei so würdevoll, dass Anton sich auf einmal gut vorstellen konnte, wie er als Sultan vor seine Untertanen trat.
»Nachdem Fanni uns zurück nach Stambul gewünscht hat, wurde ich zum Sultan erzogen. Darum kümmerten sich Mehmed Ali und der Großwesir. Mein Vater war ja zu dieser Zeit sehr krank.«
Der Prinz seufzte bei der Erinnerung.

»Er schien so nett zu sein, der Großwesir, das wisst ihr nicht. Er ist schlau und verstellt sich gut. Er hat mir auch viele Geschenke gemacht. Diese Araberstuten hier« – er deutete in die Ecke, aus der ein Schnauben zu hören war – »sind von ihm.«
»Wie habt ihr sie überhaupt hierhergebracht?«, unterbrach ihn Anton. »Die passen doch nicht durch den niedrigen Tunnel.«
»Dort drüben war eine Öffnung in der Mauer, aber wir haben sie wieder mit Steinen verschlossen«, sagte der Prinz und fuhr fort: »Jedenfalls hat der Großwesir nach und nach mein Vertrauen gewonnen. Und am Ende traute ich ihm völlig. Sogar dann, als er anfing, schlecht über Mehmed Ali zu reden.« Der Prinz senkte den Kopf. »Der Großwesir! Ich war leider sehr töricht«, sagte er leise und sah zu Mehmed Ali. »Nie hätte ich ihm glauben dürfen, dass Mehmed Ali gegen mich Intrigen spinnt ... Mehmed Ali, der Getreueste von allen!«
Mehmed Ali lächelte dankbar. »Aber, junger Prinz«, sagte er begütigend. »Selbst Erwachsene lassen sich von Schmeicheleien blenden, mit denen Euch der Großwesir überhäufte. Und Ihr seid noch ein halbes Kind. Außerdem hatte der Großwesir Euch mit Osman in der Hand.«
»Was wieder allein meine Schuld war«, sagte Prinz Achmed. »Ich brach das Versprechen, das ich meinem Vater gegeben hatte! Ich hätte nie Osmans Herr werden dürfen.«
»Halt, jetzt verstehe ich plötzlich gar nichts mehr«, rief Anton dazwischen. »Wieso warst *du* auf einmal Osmans Herr? Ich denke, das ist der Großwesir.«
»Zuerst aber war *ich* sein Herr. Und das kam so«, erklärte Prinz Achmed. »Dschinn sind ja strengstens verboten im Palast. Darum wurde Osman nach unserer Rückkehr in den Harem gleich in Ketten gelegt

und abgeführt. Ihr erinnert euch doch, dass Sultanin Gülnaz auf dem Platz laut herausgeschrien hatte, er wäre ein böser Dschinn?«

Fanni und Anton nickten. Nur allzu genau erinnerten sie sich an den schrecklichen Moment, als Prinz Achmed fast im Sterben lag.

»Trotz meines Protests wurde er dann in den Kerker gesperrt«, erzählte der Prinz leise weiter. »Denn das Verbot war von meinem Vater und seinen Vorvätern erlassen worden, und das Wort des Sultans gilt über alles. Als Osman sich in einem unbewachten Moment in seine Flasche flüchtete, wurde die Flasche zugekorkt. Jetzt konnte er nicht mehr heraus. Fast hätten sie die Flasche wieder mit Steinen beschwert im Bosporus versenkt, da durfte ich endlich meinen Vater am Krankenbett besuchen. Als er erfuhr, dass Osman mir das Leben gerettet hatte, willigte er schließlich ein, ihn zu verschonen. Doch nur unter einer Bedingung: Ich müsse dafür sorgen, dass die Flasche nie wieder geöffnet würde. Dieses Versprechen gab ich ihm.«

Der Prinz stockte und sah Mehmed Ali an, der ihm ein aufmunterndes Lächeln schenkte.

»Aber ich hielt es nicht.«

Der Prinz schwieg eine Weile. »Ich gestehe es«, fuhr er stockend fort, »die Versuchung war zu groß. Ich schickte Shükrü, mir die Flasche aus dem Kellergewölbe zu holen, wo mein Vater sie hatte einschließen lassen. Und dann öffnete ich sie. Ich wusste ja, dass ich damit zu seinem neuen Herrn wurde. Nur wusste ich nicht, dass der Großwesir überall seine Spitzel hat. Er hatte mich heimlich beobachten lassen und kannte mein kleines Geheimnis.«

»Und hat er dich damit erpresst?«, fragte Fanni.

»Nein, so plump war er nicht«, antwortete Prinz Achmed. »Er hat die Chance gewittert, an die Macht zu kommen, aber das habe ich erst zu spät gemerkt. Er schlug die Hände über dem Kopf zusammen vor Bewunderung über meine ersten zwei Wünsche. ›Mein hochgeborener Prinz‹, schrie er, ›an diesen Wünschen erkennt man den künftigen Sultan!‹«

»Wieso, was hast du dir denn als Erstes gewünscht?«, fragte Anton neugierig.

»Na ja, als Erstes habe ich mir natürlich gewünscht, dass mein Vater wieder gesund wird. Für eine Weile war er dann auch wieder wohlauf. Doch gegen die Macht des Alters kann auch ein Dschinn nichts ausrichten, so wirkte der Wunsch nicht lange. Allah sei Dank, er starb einen sanften Tod.«

»Und dein zweiter Wunsch?«, wollte Fanni wissen. Prinz Achmed wurde leicht verlegen. »Das würdet ihr nie erraten. Die Sultanin Gülnaz wurde in den Kerker gesperrt und wartete dort auf ihre Hinrichtung. Schließlich hatte sie zwei Mordanschläge auf mich geplant, damit ihr eigener Sohn Sultan würde. Aber irgendwie tat sie mir dann doch leid. Sie hatte immerhin ihren ersten Sohn verloren. Ich wünschte mir von Osman, dass mein Vater die Strafe abmilderte. Gülnaz sollte nicht erdrosselt, sondern nur in die Verbannung geschickt werden. Was dann auch geschah. Jetzt lebt sie streng bewacht in einem entfernten Palast an der Küste.«

»Das war wirklich fair von dir«, rief Anton. »Ich glaube, andere hätten sich lieber einen Sack Juwelen gewünscht!«

»Und dann war nur noch ein Wunsch übrig. Und erst jetzt bekam ich mit, was der Großwesir mir bis dahin verschwiegen hatte.«

Prinz Achmed räusperte sich und warf einen Seitenblick auf Mehmed Ali.

»Unser Land war in einem schlimmen Zustand, und ich ahnte nichts

davon. Eine Dürre hatte die Felder verwüstet, die Menschen waren verarmt, die Städte zerfielen. Der Großwesir hatte dafür gesorgt, dass ich den Palast nie verließ. Wie es in Wirklichkeit vor den Toren zuging, hatte ich nie gesehen. Jetzt brachte er es mir stückchenweise bei. Natürlich verschwieg er mir das Wichtigste. Erst später erfuhr ich, dass er selbst die Geldeintreiber in die Dörfer geschickt hatte. Sie haben den Menschen dort den letzten Asper abgenommen, um damit die Janitscharen zu bestechen. Wer die Janitscharen auf seiner Seite hat, der hat die Macht. Mein Vater war zu der Zeit schon zu schwach, um das Land zu regieren. Die Entscheidungen traf der Großwesir.«
»Und was hat das jetzt mit deinem dritten Wunsch zu tun?«, fragte Anton vorlaut. Fanni gab ihm einen kleinen Knuff in die Rippen.
»Nun, der Großwesir kannte mich inzwischen gut genug. Und ich bin auf ihn reingefallen. Ich sollte einfach *ihn* zum nächsten Herrn des Dschinn wünschen, dann hätte ich drei weitere Wünsche frei. Die könnte ich dann ganz unserem geplagten Land und meinen Untertanen widmen. Ich könnte mir Regen wünschen und reiche Ernten, volle Schatzkammern, um das Geld im Volk zu verteilen und die Städte wiederaufzubauen ...«
Der Prinz brach ab und senkte beschämt den Kopf. Nur das leise Schnauben der Pferde war zu hören. Mehmed Ali fütterte den Ofen mit Reisig und kleinem Holz.
Schließlich fuhr der Prinz fort: »Kann man so dumm sein? Ich habe ihm geglaubt! Und kaum hatte ich meinen dritten und letzten Wunsch ausgesprochen, da ließ der Großwesir die Maske fallen und zeigte sein wahres Gesicht. Er wünschte sich, an die Macht zu kommen, und so geschah es auch. Mein Vater starb kurz darauf, und der Großwesir brachte die Janitscharen auf seine Seite. Selber Sultan werden konn-

te er nicht, da er nicht von königlichem Geblüt ist. Das verbietet das Gesetz. Aber mit der Hilfe der Janitscharen brachte er meinen Onkel auf den Thron. Und dieser Onkel ist verrückt, regieren kann er nicht. Also regiert der Großwesir. Nur *eine* Gefahr droht ihm noch – und das bin ich. Denn das Volk weiß, dass ich zum nächsten Sultan geboren bin.«

Etwas Stolzes blitzte in Achmeds Augen auf, die sich aber gleich wieder verschleierten.

»Darum wollte er mich umbringen lassen. Doch Mehmed Ali erfuhr davon. Er weckte mich um Mitternacht, bevor die Mörder in mein Zimmer schleichen konnten. Wir hatten nur wenig Zeit, unsere Flucht vorzubereiten. Immerhin hatte Mehmed seine Brieftaube dabei.«

Ein Lächeln huschte über sein Gesicht, als er zu dem kleinen Käfig sah.

»Und dann traf die Nachricht Shükrüs ein.« Prinz Achmeds Körper durchfuhr ein Schauer. »Leider sind wir auch hier nicht in Sicherheit. Nicht nur wegen der Häscher des Großwesirs. Seit Kurzem wird mein Leben von einer höheren Macht bedroht.«

Es wurde für einen Moment still.

Plötzlich hörten sie, wie sich entfernt von ihnen jemand räusperte. Dann säuselte eine vertraute Stimme: »Ihr meint doch nicht etwa mich?«

Der dritte Wunsch des Großwesirs

Eine rundliche Gestalt trat aus der Dunkelheit und trippelte auf sie zu. Sie war so leise gekommen, dass zunächst niemand sie bemerkt hatte. Es war der etwas nachlässig gekleidete Osman.

»Bleib, wo du bist!«, rief Mehmed Ali und griff nach einem langen Dolch, der versteckt unter einer Decke lag. »Wehe, du versuchst ihm auch nur ein Haar zu krümmen! Dann bohre ich dir diesen Dolch in den Bauch!« Er war aufgesprungen und stellte sich schützend vor Prinz Achmed. Dem Prinzen war das Blut aus dem Gesicht gewichen, und Anton bemerkte, dass er zitterte.

Osman hob beschwichtigend die Hand.

»Ts, ts, ts. Mein ehrwürdiger Herr Ali«, sagte er sanft. »Ich hatte nicht vor, dem Prinzen ein Haar zu krümmen. Ich wünsche nur, dass ihr mir eure teuren Ohren leiht.«

Anton starrte auf die Feder, die den türkisfarbenen Turban zierte. Sie kam ihm irgendwie bekannt vor. Woher nur? Und dann wusste er auf einmal, wo er sie schon mal gesehen hatte. Auch Fanni schien etwas zu dämmern. »Wie hast du uns nur so schnell gefunden?«, fragte sie misstrauisch.

»Ihr selbst habt mich hierhergeführt, edle Herrin«, antwortete Osman und blinzelte sie an. Fanni wurde schwindelig.
»Oh Gott«, flüsterte sie.
Osman lächelte. »Ich war euch immer auf den Fersen. Beziehungsweise umgekehrt.«
»Auch heute Nacht?« Fanni wusste die Antwort, bevor Osman sie aussprach.
»Auch heute Nacht. Ich ruhte mich im Brunnen von den Strapazen der Reise aus. Da weckte mich ein lautes Platschen, als der Eimer herunterplumpste, und dann hörte ich eure Stimmen.«
»Was hat das zu bedeuten?«, unterbrach Mehmed Ali. Er hielt noch immer den Dolch gezückt.
»Wir haben Osman hierhergeführt«, sagte Fanni geknickt. Am liebsten wäre sie im Erdboden versunken.
»Was?« Mehmed Ali sah sie mit weit aufgerissenen Augen an.
»Ein Kaufmann in der Karawanserei hatte von unserer Suche gehört und ...«
»Das war übrigens ich«, sagte Osman und spielte mit einer Troddel an seiner Weste. Anton warf seiner Schwester einen Blick zu. Sie beide ahnten, was jetzt kommen würde.
»Und dieser Kaufmann«, fuhr Fanni fort, »hat uns sein schnelles Pferd geborgt. Mit dem waren wir dann in nur zwei Tagen in Edirne.« Sie verstummte.
»Und dieses Pferd«, sagte Osman mit einem Fünkchen Stolz in der Stimme, »war ebenfalls ich. Selten und nur unter großer Anstrengung können sich Dschinn in Tiere verwandeln. Es hat mich sehr erschöpft. Ich habe meine letzte Kraft aufgebracht, um euch so schnell wie möglich hierherzutragen.«

Er trat einen Schritt auf Mehmed Ali zu, der immer noch schützend vor Prinz Achmed stand.
»Halt!«, rief Mehmed Ali in einem scharfen Ton, den Fanni noch nie von ihm gehört hatte. »Keinen Schritt weiter. Ich warne dich!«
»Aber warum ist mein ehemaliger Herr so nervös?«
»Das weißt du genauso gut wie ich!«
Der Dschinn stutzte einen Moment. Aus der Ecke mit dem Käfig hörte man ein leises Gurren. Osman machte einen weiteren Schritt auf sie zu. Anton sah, wie der Prinz zusammenzuckte.
»Noch eine Bewegung«, zischte Mehmed Ali, »und du wirst es bereuen!«
»Schon gut, schon gut! Wie der Herr befiehlt!« Osman war stehen geblieben und neigte das Haupt, sodass die Feder nach unten wippte. »Ich rühre mich nicht vom Fleck. Aber hört mich in Ruhe an.«
»Du kannst uns viel erzählen«, rief Mehmed Ali mit mühsam beherrschter Stimme. »Wir wissen Bescheid. Wir wissen, welchem Auftrag du folgst.«
Und ohne den Dschinn aus den Augen zu lassen, zog er ein Stück Papier aus der Tasche, entfaltete es und las langsam und deutlich vor: *»Ich wünsche mir, dass du Prinz Achmed tötest.* War das der dritte Wunsch deines räudigen Herrn, oder war er es nicht?«
Osman nickte und schüttelte dann den Kopf. »Ja! Nein. Doch. Genau das waren seine Worte. Wie konntet Ihr das übrigens wissen?« Neugierig wanderten seine kleinen Äuglein zu dem Zettel, den Mehmed Ali wieder in seiner Tasche verschwinden ließ.
»Aber genau deshalb bin ich ja auch hier. Ich meine«, erklärte Osman, als er sah, wie Mehmed wieder das Messer hob, »ich meine, um euch alles zu offenbaren.«

Fanni und Anton fiel es wie Schuppen von den Augen. Das also war es! Direkt nachdem sie aus dem Palast geworfen worden waren, musste der Großwesir in seiner Wut noch einmal gewünscht haben. Und dieses Mal hatte er die Worte so gewählt, dass kein Missverständnis möglich war. »Ich wünsche mir, dass du Prinz Achmed tötest« – da war die Sache klar. Daran konnte selbst Osman nichts herumdeuteln. Und weil jeder Wunsch zwangsläufig in Erfüllung gehen musste, war der Dschinn jetzt Prinz Achmeds gefährlichster Feind. Kein Wunder, dass der Prinz so zitterte.

Osman dagegen schien für einen Moment erheitert. Er wippte auf seinen Fußsohlen und schüttelte den Kopf, sodass sein Doppelkinn mittanzte:

»Es ist ein ganz besonderes Vergnügen für einen Dschinn, gleich vier seiner ehemaligen Herren vor sich zu haben. Ex...qui...sit ...« Er hatte die Hände vor seinen Bauch gefaltet und betrachtete schmunzelnd die vier, die ihn mit einer Mischung aus Furcht und Angriffslust anstarrten.

»Nun aber hört die Stimme der Vernunft, meine ehemaligen Gebieter«, sagte er dann mit einem ungeduldigen Seufzer. »Hätte ich dem Prinzen auch nur eines seiner herrschaftlichen Haare krümmen wollen, stünde ich dann jetzt hier? Nein! Ich wäre euch heimlich gefolgt und hätte meine düstere Pflicht in der Nacht vollbracht, während ihr wehrlos im Schlummer lagt. Ist das so schwer zu begreifen? Stattdessen stehe ich hier.«

Mehmed Ali ließ das Messer sinken. Auch Prinz Achmed wurde ruhiger, denn was Osman sagte, klang überzeugend.

»Ich bin in einer schlimmen Klemme«, fuhr der Dschinn etwas leiser fort. »Beim zweiten Wunsch des Großwesirs konnte ich mich noch herauswinden. Ich brachte euch«, er nickte Anton und Fanni zu, »als ehemalige Herren in den Palast. Mein Plan war –«

»Moment«, unterbrach ihn Fanni. »Du willst sagen, du hast den Wunsch des Großwesirs mit Absicht missverstanden?«

»In der Tat«, antwortete Osman mit einem winzigen Lächeln. »Dafür musste ich seine Schmähungen ertragen, und um euch zu schützen, musste ich fast ein wenig unhöflich zu euch sein.«

Was stark untertrieben war, wie Anton fand. Aber getäuscht hatte er sich jedenfalls nicht im Audienzsaal – er hörte es doch, wenn der Dschinn flunkerte.

»Und was ist jetzt mit dem dritten Wunsch?«, bohrte er nach. »Du bist doch an die Erfüllung gebunden, und deswegen bist du hier!«

»Außerdem hast du uns reingelegt, damit wir dich hierherführen«, sagte Fanni zornig.

»Das mag ja alles sein«, erwiderte Osman ungeduldig. »Der Wunsch treibt mich an, doch zugleich wehre ich mich gegen ihn. Seit Tagen zermartere ich mir den Kopf, wie man ihn umgehen kann.«

»Und?«, fragte Anton. »Schon eine Idee?«

Osman rollte mit den Augen. »Leider noch nicht. Das einzig Gute ist, dass der Großwesir nicht gesagt hat, *wann* genau der Wunsch in Erfüllung gehen soll. So können wir diesen« – Osman suchte taktvoll nach dem passenden Wort – »diesen bitteren Moment noch ein wenig hinauszögern. Doch irgendwann muss ein Wunsch erfüllt werden. So will es das Gesetz der Dschinn.«

»Das heißt, es bleibt uns noch ein bisschen Zeit, um einen Ausweg zu finden?«, fragte Anton vorsichtig.

»Du sagst es. Zeit, ein wenig Zeit. Nicht allzu viel, denn diesem Wunsch zu widerstehen zerrt an meinen Nerven und zehrt an meiner Kraft. Aber meine Hoffnung ruht auf euch. Darum habe ich euch nach Stambul gewünscht, und eure gastfreundlichen Eltern gleich dazu.«

Vor allem mit Papa hatte der Dschinn sich beim letzten Mal prächtig verstanden. Mit Mama dagegen deutlich weniger.

»Wenn es jemand schaffen kann, das Schicksal zu wenden«, wiederholte Osman, »dann seid es ihr allein. Das hat mich die Vergangenheit wiederholt gelehrt. Darum meine Bitte, mein Flehen. Verehrte Fanni, lieber Herr Anton: Nehmt alle Klugheit, nehmt allen Mut zusammen, und befreit den Prinzen und mich aus der eisernen Klammer des Wunsches.«

Osman verneigte sich und wandte sich würdevoll um. Dann verschwand sein wohlbeleibter Körper in den tiefen Schatten des unterirdischen Gangs.

Mehmed Alis Plan

Betreten schauten die vier ihm nach. Was nun? Obwohl sie alle todmüde waren, war nach dieser Aufregung keinem nach Schlafen zumute. Der Prinz wirkte wieder sehr bedrückt. Weil sie nicht vor ihm über Osman und den Wunsch sprechen wollte, kam Fanni auf ein anderes Thema. Warum waren er und Mehmed Ali überhaupt nach Edirne gekommen? Hätten sie sich nicht in irgendeinem kleinen Dorf in der Nähe Stambuls verstecken können?

Es war Mehmed Ali, der ihr antwortete. Der Grund war sein alter Freund Jussuf, der in Edirne Statthalter war. Dieser Jussuf war vielleicht ihre einzige Chance.

»Warum das?«, fragte Fanni.

»Jussuf ist der engste Freund des Oberbefehlshabers der Janitscharen. Wenn diesen jemand überzeugen kann, auf Prinz Achmeds Seite gegen den Großwesir zu kämpfen, dann er.«

»Weil der Oberbefehlshaber einfach so auf diesen Jussuf hört?«, fragte Anton ungläubig.

»Ibrahim Bey, das ist sein Name, hat nie vergessen, dass Jussuf ihm

einst das Leben gerettet hat. Er hat dafür gesorgt, dass Jussuf Statthalter von Edirne wurde.«
»Und mit den Janitscharen hinter euch würdet ihr gewinnen?«
»So ist es, und deswegen muss ich Jussuf sprechen.«
»Warum hast du das nicht schon getan?«, fragte Anton.
Mehmed Ali hatte tiefe Furchen um die Mundwinkel und sah auf einmal sehr erschöpft aus.
»Er ist noch nicht hier. Ich weiß, dass er auf einem Feldzug war, auf den ihn der Großwesir geschickt hatte. Er wollte ihn aus dem Weg haben. Der Großwesir wagt es nämlich nicht, Jussuf umbringen zu lassen. Er weiß, dass er der Freund Ibrahims ist. Aber Jussuf ist immer noch nicht zurück.«
Die Laterne war fast erloschen. Bedächtig goss Mehmed Ali noch ein wenig Lampenöl nach. Anton fielen die Augen zu, und sein Kopf sackte auf die Decke. Auch der Prinz war eingeschlafen. Fanni rückte etwas näher zu Mehmed Ali.
»Und woher kennst nun du diesen Jussuf?«
Mehmed Ali legte vorsichtig eine Decke über die schlafenden Jungen.
»Er ist mein ältester Freund und wie ein Bruder für mich«, antwortete er. »Wir haben gemeinsam die Palastschule besucht. Er ist wie ich als Kind von den Osmanen entführt und erzogen worden. Wir konnten uns immer aufeinander verlassen. Deswegen hatte ich alle Hoffnung auf ihn gesetzt.«
Der Himmelsstreifen im Loch des Gewölbes leuchtete hellgrau, und eine erste Schwalbe zog darüber hinweg.
Bevor Fanni an seiner Schulter einschlief, murmelte sie noch: »Sag mal, Mehmed, die Sache mit dem Großwesir und dem Wunsch … Was wäre, wenn der jetzige Herr des Dschinn stirbt – wenn ihn zum

Beispiel die Janitscharen um die Ecke brächten … gilt der Wunsch dann immer noch?«

»Ich fürchte, schon«, antwortete Mehmed Ali. »Die Macht des Wunsches wird durch den Tod nicht aufgehoben. Aber vielleicht gibt es einen anderen Weg.« Er strich ihr über die Haare, lehnte den Kopf an die kühle Wand und schaute hinauf in das Stückchen Himmel, das sich langsam rosa färbte. Immer mehr Schwalben zogen jetzt über die Kuppelöffnung hinweg. Mit spitzen Rufen und sirrendem Flügelschlag stießen sie höher und höher in den blassen Morgenhimmel hinauf.

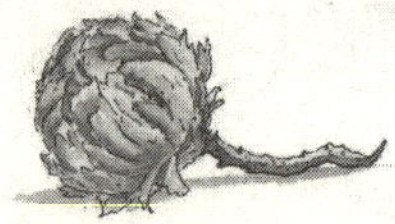

Am nächsten Morgen wurde Anton von der Sonne geweckt. Sie stand direkt über der Kuppel und warf einen scharf ausgeschnittenen Lichtkegel auf den Mosaikboden. Es musste schon ziemlich spät sein, dachte Anton, als er sich langsam aus der warmen Decke pellte und die Augen rieb. Fanni schlief noch fest neben ihm, aber Prinz Achmed und Mehmed Ali waren schon wach. Mehmed Ali streifte sich gerade einen Umhang über.

»Wohin gehst du?«, fragte Anton.

»Zum Markt. Und dann will ich schauen, ob Jussuf inzwischen zurück ist«, antwortete Mehmed Ali leise.

»Kann ich mitkommen?«, flüsterte Anton und sprang auf.

»Na, dann komm.« Sie tasteten sich durch den düsteren Geheimtunnel und kletterten nacheinander hinaus ins Sonnenlicht.

Auf ihrem Weg gestern Nacht hatte er nicht viel erkennen können, doch jetzt sah Anton, dass die prächtige Ruine von Unkraut und Schlingpflanzen überwuchert war. Mehmed Ali führte ihn zielsicher an gefallenen Säulen und Steinblöcken vorbei zu einer schmalen Gasse. Von dort aus gingen sie zum Basar. Diesmal musste Anton nicht hungrig an den Ständen vorbeigehen, denn Mehmed Ali hatte genügend Geld dabei.

Sie kauften mit Minze und Hackfleisch gefüllte Teigtaschen, Lammspießchen und leckere, klebrige Süßigkeiten. Anton aß von allem, bis er satt war, und trank noch einen Apfeltee. Den Rest packten sie für Fanni und Prinz Achmed ein.

Danach folgte er Mehmed Ali zu Jussufs Haus. Es lag an einer Straße, die zum Palast führte. Prächtige Holzschnitzereien verzierten den Dachfirst und den Torbogen. Neugierig schaute Anton durch das offene Tor. Das Haus und der Innenhof wirkten verwaist.

»Er ist noch immer nicht da«, sagte Mehmed Ali enttäuscht und wandte sich zum Gehen.

»Bist du ganz sicher?«, fragte Anton, während sie die Straße zum Palast hinaufstiegen.

»Ja, wenn er zurück wäre, würden hier Pferde und Gepäck stehen«, antwortete Mehmed Ali.

»Und niemand weiß, wann er zurückkommt?«, fragte Anton.

»Leider nein«, sagte Mehmed Ali bedrückt. »Ich habe schon gestern nach ihm gefragt. Niemand wusste etwas.«

Als sie an der Palastmauer entlangliefen, erkannte Anton die windschiefe Pinie wieder, unter der sie eine Nacht verbracht hatten. Mehmed Ali deutete auf die Türme, die hinter der Mauer emporragten.

»Prinz Achmeds Vater hat hier viel Zeit verbracht«, sagte er. »Er liebte diesen Ort über alles.«

»Mehr als den Palast in Stambul?«, fragte Anton.
»Viel mehr als Stambul. Früher war Edirne schließlich die Hauptstadt des Osmanischen Reichs, und das hat er nie vergessen«, antwortete Mehmed Ali. »Aber wer weiß, wie lange Stambul noch Hauptstadt sein wird. Wenn der Großwesir so weitermacht wie bisher …«
Lautes Pferdegetrappel unterbrach ihn. In einer Staubwolke stoben Reiter um die Ecke und galoppierten in großer Geschwindigkeit auf sie zu. Sie sahen gefährlich aus mit ihren hohen Hüten, langen Schnauzbärten und blinkenden Krummsäbeln.
»Schau mal«, rief Anton und deutete auf die Männer. »Ist das vielleicht Jussuf Pascha?«
Er trat auf die Straße, um den Reitern zuzuwinken, doch da hatte Mehmed Ali ihn schon am Arm gepackt und hastig hinter einen Mauervorsprung gezerrt.
»Beweg dich nicht. Das sind nicht Jussufs Männer!«, zischte er ihm ins Ohr, während er Anton an die Palastmauer drückte. »Das sind die Janitscharen! Die muss der Großwesir geschickt haben.«
»Was?!« Anton sah ihn erschrocken an. Die Hufe der Pferde schlugen hart auf die Pflastersteine, als die Reiter dicht an ihnen vorbeigaloppierten.
Als sich die Staubwolken wieder gelegt hatten, sagte Mehmed Ali: »Ich weiß nicht, was sie hier vorhaben. Aber es kann nichts Gutes bedeuten. Komm, wir müssen sofort zurück.«
Auf Umwegen gelangten sie zu ihrem Versteck in der Ruine.
Mehmed Ali blieb den Rest des Tages wortkarg; gegen Abend verschwand er wieder in die Stadt.

Früh am nächsten Morgen, als Anton noch schlief, bat er Fanni, mit ihm Vorräte zu besorgen. Gemeinsam verließen sie das Versteck und folgten den engen Gassen, die hinauf zum Marktplatz führten.
»Ich wollte allein mit dir reden«, sagte Mehmed Ali, nachdem sie ihre Besorgungen gemacht hatten. »Wir können nicht länger warten. Ich muss mit Jussuf Pascha sprechen.«
»Aber du weißt doch nicht, wo er ist.«
»Doch. Gestern Abend, als ich in der Stadt war, erkannte ich zufällig seinen Leibdiener. Jussuf hatte ihn vorausgeschickt, damit er hier für ihn wichtige Briefe austrägt. Als ich mich zu erkennen gab, verriet mir dieser Diener, wo sich Jussuf gerade aufhält. Ich werde ihm entgegenreiten. Ich fürchte nämlich, mein Bote hat ihn nicht erreicht, sonst wäre Jussuf schon längst hier.«
»Meinst du, der Bote ist abgefangen worden, und die Janitscharen sind deswegen hier?«
Mehmed Ali hob ratlos die Hände. »Eigentlich kann es fast nicht sein. Die Nachricht war verschlüsselt. Sie war an Franz gerichtet und kam von Max.«
Fanni schaute verwirrt. »Wer ist Franz, und wer ist Max?«
»Max bin ich«, sagte Mehmed Ali lächelnd. »Und Franz ist Jussuf Pascha. Wir haben damals ausgemacht, dass wir für geheime Botschaften immer unsere Geburtsnamen verwenden, weil uns hier niemand darunter kennt. Es ist zugleich ein Zeichen, dass einer von uns dringend die Hilfe des anderen braucht.«
Fanni nickte anerkennend. Sie wusste, dass Mehmed Ali als kleiner Junge von den Janitscharen geraubt worden war. Damals hieß er also offenbar noch Max, bevor er dann einen osmanischen Namen bekam.
»Aber das Wichtigste habe ich nicht in die Botschaft geschrieben.

Aus dem guten Grund, weil sie abgefangen werden kann. Auch deshalb muss ich Jussuf so bald wie möglich sehen. Es gibt da etwas, das er wissen muss.«

»Was denn?«, fragte Fanni neugierig. Zwei Männer kamen ihnen entgegen, und Mehmed Ali wartete, bis sie wieder außer Hörweite waren. »Nicht nur der Großwesir hat Spitzel im Palast. Auch ich habe meine Zuträger und bekomme Dinge mit, die in Edirne unbekannt sind.«

»Und was sind das für Dinge?«

»Jeder weiß, dass der Großwesir unbeliebt ist. Aber Jussuf muss erfahren, wie groß die Unzufriedenheit selbst bei den Janitscharen ist. Es fehlt nur Prinz Achmed als neuer Sultan, und sie wären zum offenen Aufstand bereit.«

Mehmed Ali nahm plötzlich ihre Hand. »Komm, Fanni«, sagte er und führte sie in eine Sackgasse zu einem niedrigen Mäuerchen, das an einen Garten mit Orangenbäumen grenzte. Geckos flitzten in die Mauerritzen, und ein schläfriger Straßenköter, der im Staub lag, hob kurz den Kopf, als sie vorbeigingen.

Aber der Fluch, dachte Fanni. Was ist damit?

Bevor sie ihre Gedanken in Worte fassen konnte, fuhr Mehmed Ali fort: »Es gibt auch noch anderes, was ich dir erzählen wollte, während wir unter uns sind«, sagte er, nachdem sie sich auf das sonnengewärmte Mäuerchen gesetzt hatten. »Ich hatte mir nur gewünscht, dass wir uns unter anderen Umständen wiederbegegnen würden.«

Fanni nickte und sah ihn schüchtern an.

»Weißt du eigentlich, dass ich dir oft geschrieben habe?«, fuhr er fort.

Fanni schüttelte den Kopf und schnippte ein Steinchen von der Mauer.

»Nein, natürlich kannst du das nicht wissen«, sagte Mehmed Ali. »Ich habe die Briefe immer hinter der Kachel verborgen, doch als sich die Lage zuspitzte, habe ich sie alle herausgenommen und verbrannt. Ich hatte nämlich einen Plan, wie wir uns vielleicht wiedersehen könnten. Leider hat er nicht geklappt. Und dann mussten Prinz Achmed und ich ja fliehen.«
»Wirklich? Was denn für ein Plan?«
Mehmed Ali deutete auf den Ring, den Fanni am Finger trug.
»Dieser Ring, den ich dir damals geschenkt habe, ist kein gewöhnlicher Ring. Mein Lieblingslehrer aus der Palastschule schenkte ihn mir auf dem Sterbebett. Er hatte ihn einst als Belohnung von einem Dschinn bekommen.«
Fanni schaute ihn erwartungsvoll an.
»Mit diesem Ring hat es eine besondere Bewandtnis. Nicht umsonst ist er von einem Dschinn geschaffen worden«, fuhr Mehmed Ali fort. »Weißt du noch, als du mir im Heerlager vor Wien erklärt hast, dass du aus einer anderen Zeit kommst? Schon damals habe ich mit dem Gedanken gespielt, dich wiederzusehen. Du bist mir nicht aus dem Kopf gegangen, und ich musste fürchten, dass du wieder in deine Zeit zurückkehren würdest. Schon damals bat ich diesen Dschinn um Hilfe. Da riet er mir, den Ring für dich im Augarten zu vergraben.«
»Wo ich ihn dann ja auch gefunden habe. Beziehungsweise Anton hat ihn gefunden«, sagte Fanni. »Aber was hat der Ring mit deinem Plan zu tun?«
Mehmed Ali drückte leicht ihre Hand. »Du kennst ja seine Inschrift – *Sadet baad.*«
»Dass das Glück geschehen kann …?«, fragte Fanni.
Mehmed Ali nickte. »Der Ring beschützt seinen Besitzer und bahnt

dem Schicksal seinen Weg. Aber das ist es nicht allein. Der Dschinn hatte mir damals noch etwas gesagt: Es gäbe die Möglichkeit, einen zweiten Ring zu formen, der genau wie der erste beschaffen sein müsse. Wenn du nun diese beiden Ringe über deinen Finger streifst, geht etwas von der Dschinn-Kraft auf dich über. Die Zeit hat dann keine Grenze mehr für dich. Sie ist eine Art Meer, in dem du dich frei bewegen kannst.«

»Heißt das, ich könnte dich mit diesen beiden Ringen in der Vergangenheit besuchen?«

»So hat es der Dschinn angedeutet. Doch es ist sehr schwer, diesen zweiten Ring von ihm zu bekommen. Du kennst die Dschinn. Man kann ihnen nichts befehlen, sie sind launenhaft. Darum ist es mir bis heute nicht gelungen, mir diesen zweiten Ring zu beschaffen. Aber jetzt weißt du, was ich für dich im Versteck hinter der Kachel verbergen wollte.«

Fanni brauchte einen Moment, um das alles zu begreifen. Was Mehmed Ali sich für eine Mühe gemacht hatte! Auf einmal stieg eine Ahnung in ihr auf, wer dieser geheimnisvolle Dschinn gewesen sein könnte.

»Was war das eigentlich für ein Dschinn?«, fragte sie.

»Du kennst ihn. Es ist der Cinci Hodscha.«

»Was?!« Fanni sprang auf. Ihre Stimme war ganz hoch vor Aufregung. »Hatte ich es mir doch fast gedacht. Das erklärt einiges! Der Schuhputzer, die Zisterne, in der ich auf einmal Stambul gesehen habe ...«

Mehmed Ali verstand zwar kein Wort, lachte aber, weil Fanni von der Mauer gesprungen war und auf und ab hüpfte.

Dann wurde er wieder ernst und griff ihre Hand. »Ich wollte dir das alles erzählt haben, bevor ich heute Abend losreite«, sagte er.

»Wieso? Ich dachte, wir reiten zusammen!«, rief Fanni. »Das wäre doch viel besser.«

Mehmed Ali schüttelte den Kopf. »Nein. Allein bin ich wesentlich schneller. Ich werde beide Pferde mitnehmen und sie abwechselnd reiten.«

Fanni schwieg und biss sich auf die Lippe. Ihr gefiel der Plan überhaupt nicht.

»Bitte, Fanni. Zu viert auf zwei Pferden sind wir viel langsamer und natürlich auch auffälliger. Es ist nicht ungefährlich, und außerdem scheint man nach dem Prinzen zu suchen. Da ist es mir lieber, ihr bleibt in unserem Versteck verborgen und seid sicher, bis ich zurück bin.«

»Ja, und was ist mit Osman? Er kennt doch unser Versteck!«

»Auch darum muss ich mich ja so beeilen. Noch hat Osman die Kraft, dem Wunsch zu widerstehen. Er hätte den Prinzen ja auch im Schlaf erstechen können. Aber kein Dschinn hat gern einen ehemaligen Herrn auf dem Gewissen. Erinnere dich, wie viel Kummer er sich damals meinetwegen gemacht hat. Deshalb seid ihr ja überhaupt ins Feldlager vor Wien gekommen. Und ich habe einen Plan ... Vielleicht gibt es nämlich doch einen Weg, den Wunsch abzubiegen. Aber das kann nur gelingen, wenn Jussuf uns hilft.«

Er sah sie bittend an. »Es widerstrebt mir, euch in dieser Lage allein zu lassen. Glaub mir das bitte. Aber ich sehe keine andere Wahl.«

»Also gut«, sagte Fanni mit einem tiefen Seufzer. »Ich hoffe nur, das ist kein Fehler.«

Jussuf Pascha

Unruhig zogen die Stuten an der Leine. Sie konnten es kaum erwarten, endlich loszugaloppieren. Während Anton und Prinz Achmed die Pferde an den Zügeln hielten, prüfte Mehmed Ali ein letztes Mal den Sattelgurt. Sie standen in der mondbeschienenen Ruine. Nachdem es dunkel geworden war, hatten Mehmed Ali und die Jungen die schweren Steine zur Seite geschoben und die Pferde durch die Maueröffnung hinausgeführt.

Anton war etwas mulmig zumute. Ab jetzt waren sie ganz auf sich gestellt. Am Abend davor hatten Fanni und Mehmed Ali noch großzügig auf dem Markt eingekauft und die Wasserkrüge am Brunnen gefüllt. Das müsse reichen, bis er zurück sei, hatte Mehmed Ali gemeint und sie daran erinnert, den Prinzen nie allein zu lassen.

Als die Pferde gesattelt waren, ging Mehmed Ali zurück in das Versteck, wo Fanni neben den Decken kniete und einen Wasserschlauch für die Reise füllte. »Falls mir irgendetwas passieren sollte«, sagte er leise und nahm ihr den schweren Wasserkrug ab, »versprich mir, dass du Prinz Achmed zu Jussuf Pascha bringst. Dem Prinzen darf nichts geschehen. Egal, was sein wird, verstehst du?«

Fanni schaute ihn unglücklich an. »Sag so was nicht.«
Mehmed Ali reichte ihr die Hand und zog sie auf die Beine. Er strich ihr übers Haar. »Keine Sorge, es wird schon alles gut gehen.«
Gemeinsam traten sie wieder hinaus. Mehmed Ali umarmte Fanni und die Jungen zum Abschied und schwang sich in den Sattel. Dann nahm er die Zügel des zweiten Pferdes und schlängelte sich zwischen Steinquadern und Säulen hindurch, die im Mondlicht weiß wie Knochen schimmerten, zum Torbogen. Anfangs hörten sie noch das Unterholz unter den Hufen knacken und das leise Klirren der Eisen auf dem harten Stein, doch bald waren Pferde und Reiter hinter dem Eingangstor verschwunden, und das Klappern der Hufe verhallte in der stillen Nacht.
Die nächsten Tage krochen unendlich langsam dahin. Um sich die Zeit zu vertreiben, erzählten Anton und Fanni von ihrem Leben in Wien und der Prinz vom Leben im Palast. Als ihnen nichts mehr einfiel, brachte der Prinz ihnen arabische Schriftzeichen und Wörter bei, die sie mit Kohlestückchen an der Wand übten. Bald kannten sie das Innere ihres Verstecks so gut, dass sie wussten, in welcher Ecke die Fledermäuse nisteten.
Osman ließ sich, wie von Mehmed Ali vorausgesagt, nicht blicken. Dennoch schlief Prinz Achmed immer mit einem Dolch in der Hand. Auch neben Fanni und Anton lagen zwei Messer und die Muskete, die Mehmed Ali ihnen dagelassen hatte. Ruhig schlafen konnten sie trotzdem nicht. Beim geringsten Geräusch waren sie hellwach, und die Angst, entdeckt zu werden, verfolgte sie bis in ihre Träume. Jeden Abend hofften sie, Mehmed Alis Schritte im Geheimgang zu hören, doch er kehrte nicht zurück.
Wenn sie schlaflos auf den Decken lagen, sprachen Anton und Fanni

immer wieder leise von Mama und Papa. Wie es ihnen wohl ging? Sie kannten ja nicht einmal die Sprache. Und wenn der Kerker so ähnlich war wie der, in dem damals Anton gesessen hatte, dann hieß das: Wasser, Brotsuppe und Mäusebesuch. Das war vor allem für Mama ein Graus. Was konnten sie nur tun, um sie zu befreien?

Mehmed Ali kam auch in der dritten Nacht nicht zurück. Am nächsten Morgen lag eine dünne Eisschicht auf dem Wasserkrug. Obwohl die Tage noch sehr warm waren, wurden die Nächte kühler. Am vierten Tag wurden ihre Vorräte knapp. Fanni wurde immer unruhiger, Mehmed Ali hätte schon längst zurück sein müssen. Vielleicht war Jussuf Pascha doch nicht so leicht zu finden, wie der Leibdiener behauptet hatte. Vielleicht wurden sie durch einen unerwarteten Zwischenfall aufgehalten.

Als ihr Proviant und das Wasser fast aufgebraucht waren, entschieden die drei, dass Anton zum Markt gehen solle. Fanni als die Älteste würde den Prinzen beschützen, falls Osman ihnen einen überraschenden Besuch abstattete. Zum Glück hatte Mehmed Ali daran gedacht, ihnen etwas Geld dazulassen. Anton setzte seinen Turban auf und kroch durch den Tunnel ins warme Licht. Die Vögel zwitscherten auf seinem Weg zum Markt, und Anton freute sich, wieder an der frischen Luft zu sein. Der Marktplatz war gut besucht. Antons Magen knurrte, und er kaufte sich als Erstes ein Fleischspießchen mit Joghurt und Zwiebeln. Dann besorgte er Wasser und Obst. Als er nach dem Milchstand Ausschau hielt, bemerkte er plötzlich die hohen weißen Mützen, die die Turbane der Stadtbewohner überragten. Anton stockte der Atem. Er senkte den Kopf und drückte sich an den Janitscharen vorbei, als jemand plötzlich rief: »Na, schon lange nicht mehr gesehen!«

Es war ihr alter Bäcker, der ihm freundlich zunickte. Das Wichtigste hätte Anton fast vergessen! Er kaufte gleich fünf Fladenbrote und bekam ein sechstes geschenkt. Als er sich vom Bäcker verabschiedete, der Antons großen Bruder grüßen ließ, hörte er hinter sich den Namen »Mehmed Ali«. Unauffällig drehte Anton sich um. Der Gemüsehändler gegenüber war in ein Gespräch mit einem Janitscharen vertieft. Anton nahm seine Brote und trat dazu.

»Von hoher Statur und mit blauen Augen? Und ein vornehmer Junge von zwölf Jahren?«, sagte der Verkäufer gerade, schob die Unterlippe vor und schüttelte den Kopf. »Nein, die habe ich hier nicht gesehen. Warum wird denn nach ihnen gesucht?«

»Sie haben einen Anschlag auf unseren Sultan geplant«, antwortete der Janitschar.

Der Verkäufer rang sich einen Ausruf der Empörung ab. Anton hatte genug gehört. Er verschwand hinter dem nächsten Stand und beschleunigte seine Schritte erst, als er den Markplatz verlassen hatte, auf dem es jetzt von Soldaten wimmelte. Erst als er weniger belebte Gassen erreicht hatte, atmete er auf. Vor ihm lag die Palastmauer, von der eine breite Straße wegführte. Es waren keine Soldaten zu sehen. Anton wusste, wie er von dort zur Ruine kommen würde, auch wenn es ein Umweg war. Der Proviant wurde ihm allmählich schwer, und er schwitzte.

Hinter einer Kurve der Straße sah er eine Ansammlung von Kutschen, Pferden und Packeseln. Sie standen auf dem Hof vor einem übergroßen, farbig verzierten Holzhaus. War das nicht das Haus von … Doch, natürlich, er erkannte es wieder, Mehmed Ali hatte es ihm ja bei ihrem letzten Einkauf gezeigt!

Mit klopfendem Herzen ging Anton auf das offene Hoftor zu. Vier

Diener schleppten Kisten und Satteltaschen in die Ställe. Das konnte nur eines bedeuten. Jussuf Pascha und Mehmed Ali waren zurück!
Anton trat auf einen Diener zu, der gerade einen schweren Korb aus der Kutsche hob.
»Ist Jussuf Pascha endlich zurückgekehrt?«, fragte er.
»Das siehst du doch«, sagte der Mann, der unter seiner Last ächzte und es eilig hatte. Fast wäre Anton ihm sofort ins Haus gefolgt. Aber dann dachte er an Fanni und Prinz Achmed, die sich sicher schon Sorgen um ihn machten. Außerdem hatte Mehmed Ali ihm eingeschärft, Prinz Achmed nie allein zu lassen; was würde er sagen, wenn er jetzt ohne ihn aufkreuzte? So schwer es ihm fiel, er musste zuerst zurück. Am liebsten wäre er gerannt, aber das hätte nur Aufmerksamkeit erregt.
»Sie sind da! Sie sind zurück!«, rief er, als er wieder bei ihrem Versteck angelangt war, wo der Prinz und Fanni ihn erleichtert empfingen. »Sie räumen ihr Gepäck aus, ich habe es selbst gesehen.«
»Deshalb warst du so lange weg! Wir hatten schon das Schlimmste befürchtet.« Einen Moment später begriff Fanni, die eben noch den Tränen nah gewesen war, die Neuigkeit.
»Du meinst, Mehmed Ali und Jussuf sind zurück?« Sie strahlte und rief: »Na endlich!«
Auch Prinz Achmed strahlte zum ersten Mal seit Tagen.
»Danke, Anton, für diese gute Nachricht!«, sagte er und deutete eine Verbeugung an.
»Ja, ein Glück, mir fällt hier nämlich schon die Decke auf den Kopf!«, erklärte Fanni.
Prinz Achmed hob den Kopf und schaute zu dem Loch in dem Gewölbe. »Glaubst du, sie wird ganz einstürzen?«

»Aber nein, das ist nur so ein Ausdruck«, sagte Fanni lachend. »Kommt, lasst uns gehen!«
»Noch nicht«, antwortete Anton. »Wir müssen leider vorsichtig sein. Die Janitscharen sind überall in der Stadt. Sie erkundigen sich bei den Händlern nach Prinz Achmed und Mehmed Ali. Lasst uns bis zum Abend warten. Dann kann man unsere Gesichter nicht so deutlich erkennen.«

Die Zeit fiel in zähen Tropfen, bis es endlich dämmerte.
»Um den Marktplatz schlagen wir besser einen großen Bogen. Ich kenne einen Schleichweg«, sagte Anton, als sie durch das Ruinentor traten. Der Prinz hatte sicherheitshalber seinen Turban tief ins Gesicht gezogen. Es war das erste Mal, dass er das Versteck verließ. Schweigend folgten sie Anton, der sie durch enge Gassen auf die breite Straße führte, die von der Palastmauer abging.
»Hier ist es«, flüsterte er und zeigte auf das Hoftor, hinter dem das prächtige Holzhaus lag. In den Fenstern sah man Öllampen brennen. Auf dem Innenhof standen gestriegelte Pferde und die Kutschen, die jetzt ausgeräumt waren. Fanni nahm all ihren Mut zusammen und klopfte an die schwere Eichentür.
Der Diener, der ihnen öffnete, betrachtete sie abschätzig. Die drei sahen aus wie Bettler. »Wenn ihr etwas essen wollt, dann geht zur Küche«, sagte er und deutete auf eine niedrige Tür auf der anderen Seite.
»Wir wollen nichts essen. Wir wollen zu Jussuf Pascha«, sagte Fanni.
»Der ist erschöpft von seiner Reise und nicht zu sprechen«, knurrte der Mann.
»Es ist dringend. Sagen Sie ihm, wir sind Freunde von Mehmed Ali. Wir haben eine wichtige Botschaft für ihn.«

Der Mann zögerte, doch er schien den Namen zu kennen.
»Wartet hier«, befahl er und schlug die Tür hinter sich zu.
Fanni war aufgeregt. Gleich würde sie Mehmed Ali wiedersehen! Es verging keine Minute, bis der Diener wieder erschien und sie mürrisch in einen hohen Raum mit dunkler Holztäfelung führte. Über einen Tisch gebeugt stand ein Mann mit schulterlangen grauen Locken und grauem Bart. Anton bekam einen Schreck. Jussuf Pascha musste doch gleich alt sein wie Mehmed Ali. War das hier eine Verwechslung, oder waren sie in eine Falle getappt?
Da wandte der Mann sich um, und sie blickten in ein junges Gesicht. Wahrscheinlich war Jussuf Pascha auf dem Schlachtfeld früh ergraut. Auf dem Tisch lagen Papierrollen, die Anton, als die drei näher traten, als Landkarten erkannte.
Jussuf Pascha hatte hohe Wangenknochen und eine lange Narbe, die sich vom Schnurrbart bis zum rechten Ohr zog. Als er die drei Besucher musterte, verwandelte sich plötzlich sein Gesicht. Er schien wie vom Donner gerührt.
»Aber, mein Prinz!«, rief er, und seine grünen Augen blitzten auf. »Ihr lebt! Und ich fürchtete schon, Ihr wäret tot! Allah sei Dank!«
Er machte einen kleinen Schritt auf Prinz Achmed zu und fiel vor ihm auf die Knie.
Verständnislos starrte der Diener auf seinen Herrn, der sich da vor Bettlern auf den Boden warf. Auch Fanni und Anton waren überrascht. Prinz Achmed trat vor und berührte leicht Jussufs graues Haar.
»Steht auf«, sagte er. »Ich bitte Euch. Ich erkenne Euch wieder.«
Jussuf Pascha erhob sich. »Es ist mir eine große Ehre, Eure Hoheit hier zu empfangen«, sagte er mit geneigtem Haupt.

Allmählich begriff auch der Diener, wer hier vor ihnen stand. Mit Entsetzen im Blick warf er sich zu Boden und wimmerte: »Verzeiht, Eure Hoheit. Ich bitte um Gnade, aber ich habe Euch nicht sogleich erkannt.«

»Bringt Speisen und Getränke«, wies ihn Jussuf Pascha an.

»Und kein Wort über unsere Anwesenheit«, rief der Prinz ihm hinterher, als der Diener sich erhob und unter Verbeugungen verschwand.

Als Erstes stellte Prinz Achmed seine Freunde vor.

»Dies hier ist mein treuer Wegbegleiter Anton, dem ich mein Leben zu verdanken habe. Und dieser junge Bursche« – er zwinkerte Fanni zu – »ist seine mutige Schwester Fanni.«

Jussuf Pascha verneigte sich und bat seine Gäste, sich auf den Diwan zu setzen. Immer wieder musste er dabei den Prinzen anschauen, als könne er seine Anwesenheit noch immer nicht fassen. Man sah ihm an, dass er ihn am liebsten am Ärmel gezupft hätte, um zu prüfen, ob er wirklich und wahrhaftig neben ihm saß.

»Zuletzt sah ich Euch als jungen Knaben an der Hand Eures Vaters dort im Palast«, sagte er und deutete auf das Fenster, von dem aus man die Dächer des Palastes sehen konnte. »Und heute hört man, Ihr wärt vielleicht schon tot.«

»Das sind die Gerüchte, die der Großwesir streut«, antwortete der Prinz. »Er weiß, dass ich als rechtmäßiger Nachfolger des Sultans die größte Gefahr für ihn bin.«

Er saß sehr aufrecht und mit erhobenem Kopf. Wie anders er plötzlich wirkte, dachte Anton wieder; viel königlicher und kaum noch wie der stille, unglückliche Junge aus der Ruine. »Mehmed Ali und ich sind geflohen, bevor der Großwesir das Gerücht in eine Tatsache verwandeln konnte.«

»Das ist unser aller Glück und ein Zeichen der Gnade Allahs«, sagte Jussuf Pascha. »Doch wo ist mein Freund Mehmed? Kommt er gleich nach?«

Fanni wurde blass. »Das wollte ich gerade Sie fragen! Ich dachte, er ist hier bei Ihnen!«, rief sie etwas zu laut.

Jussuf Pascha sah sie überrascht an.

»Wieso bei mir? Er schickte mir eine Botschaft, dass er hier auf mich warten würde und meine Hilfe bräuchte. Das war das letzte Lebenszeichen, das ich von ihm bekam. Ich beeilte mich deswegen mit meiner Rückkehr, wurde aber aufgehalten.«

Seine Augen ruhten auf den erschrockenen Gesichtern seiner jungen Besucher. »Er bittet nur selten um meine Hilfe und nur, wenn er in einer schwierigen Lage steckt. Was jetzt, wie ich fürchte, der Fall zu sein scheint.«

»Aber wenn er nicht bei Ihnen ist, wo ist er dann?«, fragte Fanni und versuchte, die Fassung zu wahren. Der Diener hatte Tee und Gebäck gebracht, doch niemand rührte es an.

»Er ist Ihnen entgegengeritten«, rief Anton. »Weil wir keine Zeit mehr verlieren dürfen. Er wollte so schnell wie möglich mit Ihnen sprechen.«

»Weil er dachte, Sie hätten seine Nachricht nicht bekommen«, erklärte Fanni. »Er hatte Angst, sein Bote wäre abgefangen worden.«

»Nein, er hat mich wohlbehalten erreicht. Allerdings hat der Mann uns erst im Süden gesucht und ist länger durch die Gegend geirrt. Deshalb muss es zu einer größeren Verzögerung gekommen sein. Wahrscheinlich dachte Mehmed deswegen, ihm sei etwas zugestoßen.«

»Hätte er doch nur gewartet«, seufzte Fanni.

Jussuf Pascha zog die grauen Augenbrauen zusammen. Mit wachsender Sorge lauschte er dem, was sie von ihrem Versteck erzählten, von den in der Stadt aufgetauchten Janitscharen und von Mehmed Alis Entschluss, nicht länger zu warten.

»Mein eigener Leibdiener hat ihm den Weg gewiesen? Schafft ihn her, aber sogleich!«, rief er dem Diener zu, der auf den Hof rannte und laut zu rufen begann. »Habt Ihr eine Ahnung, wie ich Mehmed Ali beistehen sollte?«, fragte Jussuf, während sie warteten, in die Runde.

»Ja, er hat es uns erzählt«, antwortete Fanni. »Es ging um den Oberbefehlshaber der Janitscharen, der Ihr Freund sein soll. Ich glaube, Mehmed Ali wollte Ihre Hilfe. Der Großwesir treibt ein doppeltes Spiel. Nur mit der Hilfe der Janitscharen kann er besiegt werden.«

»Ihr wisst viel für ein Mädchen, das offenbar nicht hier geboren ist«, sagte Jussuf und lächelte fein. »Wisst Ihr denn noch mehr?«

»Ja! Mehmed Ali hatte eine wichtige Nachricht für Sie, die wollte er nicht in die Botschaft schreiben. Unter den Janitscharen in Stambul brodelt es mehr, als man nach außen merkt. Mehmed Ali sagte, dass sie kurz davor stehen, sich gegen den Großwesir aufzulehnen. Es fehlt nur noch Prinz Achmed als zukünftiger Sultan.«

Jussuf Pascha pfiff durch die Zähne. »Das ist ja hochinteressant. Dann kann ich Euch auch verraten, dass ich nicht ›aufgehalten‹ worden bin. Ich hatte ein geheimes Treffen mit vier Stammesfürsten. Es sind alles Getreue des alten Sultans, die an der Lage des Reichs verzweifeln. Wir schmieden Pläne für eine bessere Zukunft unter einem gerechten Herrscher. Da wussten wir noch nicht, dass er heute neben mir sitzen würde.« Jussuf wies mit einer knappen Verbeugung auf Prinz Achmed.

»Aber Mehmed Ali schwebt in großer Gefahr«, unterbrach er sich. »Wo bleibt denn nur der Leibdiener?«

Da öffnete sich die Tür, und der Diener brachte einen aufgeregten kleinen Mann in roter Weste herein, der sich vor Jussuf Pascha auf den Boden warf. Nach einem kurzen Wortwechsel wurde klar, in welche Richtung Mehmed Ali geritten sein musste. Jussuf Pascha war aufgestanden und schritt unruhig auf und ab.

»Er hat alles gut beschrieben. Umso merkwürdiger, dass er uns nicht begegnet ist«, sagte er halblaut zu sich. Dann wandte er sich wieder an den Leibdiener, der gebeugt im Schatten der Tür stand. »Es ist keine Zeit zu verlieren. Nimm dir sofort Hassan, Arslan und die schnellsten Pferde, und folgt seiner Spur«, sagte er streng.

Der kleine Leibdiener versprach, alles zu tun, um Mehmed Ali ausfindig zu machen, und koste es sein Leben. Dann schloss er leise die Tür.

Inzwischen war die Nacht hereingebrochen. Die Öllämpchen warfen ihr flackerndes Licht auf die drei Gesichter, die nach vorne gebeugt in den Schein der Lämpchen starrten. Jussuf Pascha stand mit auf dem Rücken verschränkten Händen vor ihnen und schaute sie nachdenklich an.

»Nun bleibt uns nichts übrig, als uns zu gedulden«, sagte er. »Sowie unser Freund wieder hier ist, brechen wir mit unserer Hoheit nach Stambul auf. Doch bis dahin bleibt Ihr hier als meine Gäste. Darauf bestehe ich! Hier seid Ihr sicherer als in Eurem Versteck.«

»Aber wird uns hier ganz bestimmt auch niemand verraten?«, fragte Fanni.

Jussuf Pascha schmunzelte. »Keine Sorge, sie sind mir alle in größter Treue verbunden. Außerdem weiß nur mein guter Diener, wer Ihr seid, und der schweigt wie ein Grab. Ich schlage vor, Ihr nehmt jetzt ein warmes Bad, und ich lasse frische Kleidung für Euch besorgen.«

Anton war insgeheim froh, dass er nicht mehr zurück in die Ruine musste. Erst jetzt merkte er, wie sehr die Angst, dass plötzlich Osman auftauchen könnte, auf ihm gelastet hatte. Es würde herrlich sein, wieder in einem warmen, weichen Bett zu schlafen, ohne sich sorgen zu müssen – jedenfalls für eine kleine Weile nicht.
Jussuf Pascha schickte sofort einen Diener los, ihre Habseligkeiten aus der Ruine zu holen, und ließ für alle Fälle zwei Wachen unauffällig an der Tür postieren. Nachdem sie gebadet und sich umgezogen hatten, führte der Hausdiener die Gäste in einen Nebenraum, in dem sie ein niedriger Tisch erwartete, der mit duftenden Schüsselchen überladen war. Sie setzten sich auf bequeme Kissen, und Diener füllten ihre Teller mit Reis, Fleischspießen und fünferlei Sorten Gemüse. Dazu gab es ein Getränk, das Jussuf als Spezialität von Edirne pries: Traubensaft, vermischt mit Senf. Anton verzog das Gesicht, als er daran roch, aber es schmeckte sogar gut.

Als die Diener auf einen Wink den Raum verlassen hatten und sie bei süßem Tee und Mandelmarzipan unter sich saßen, wollte Jussuf Pascha mehr von seinen Gästen erfahren. Prinz Achmed schilderte den versuchten Mordanschlag des Großwesirs und ihre überstürzte Flucht aus dem Palast. Jussufs Augen weiteten sich, als er von dem

Dschinn erfuhr, der in den Diensten des Großwesirs stand. Mit seiner Hilfe also war er an die Macht gelangt! Das erklärte einiges. Doch wie war der Großwesir überhaupt dazu gekommen, sein Herr zu werden? Zerknirscht beichtete Prinz Achmed, dass er selbst die Schuld daran trug.

»Aber Hoheit, diese Schuld ist verzeihlich!« Jussuf Pascha bestätigte ihm, dass der Großwesir teuflisch geschickt darin war, andere einzuwickeln. Wenn er wollte, konnte der Zwerg sprühen vor Charme! Auch sein Freund, der Oberbefehlshaber, war auf ihn reingefallen. Aber um ihn von seinem Irrtum zu überzeugen, musste Jussuf ihn persönlich sprechen. Es war höchste Zeit, dass sie nach Stambul ritten! Jussuf Pascha war empört, als er erfuhr, dass dort auch die Eltern der beiden Geschwister im Kerker saßen. Ein Grund mehr, bald aufzubrechen, rief er aus. Sie würden nur noch auf die Rückkehr Mehmed Alis warten und sich dann auf den Weg machen.

Jussufs scharfem Blick entging nicht, dass die zwei Freunde des Prinzen leicht fremdartig wirkten. Fanni merkte, dass er sie öfter aufmerksam musterte. Aber wenn sie ihm jetzt noch vom modernen Istanbul erzählt hätten, aus dem sie hierher in die Vergangenheit gereist waren, hätte es selbst den besonnenen Jussuf verwirrt. Er war ein Mann der Tat, der jetzt nur an eines zu denken schien: Wenn Prinz Achmed nichts zustieß, waren die Tage des Großwesirs gezählt.

Am nächsten Tag sah Anton vom Fenster aus, wie drei Männer durch das Hoftor geritten kamen. Es war der Suchtrupp des kleinen Leibdieners. Jussuf Pascha trat zu ihnen hinaus und hörte mit besorgter

Miene ihren Bericht. Nachdem sie wieder gegangen waren, ließ er seine Gäste rufen.
»Ich habe schlechte Nachrichten«, sagte er, während er die Tür schloss. »Mehmed Ali wurde vor einigen Tagen von den Janitscharen des Großwesirs gefangen genommen.«
Fanni war bleich geworden. Prinz Achmed bemühte sich um Haltung, doch seine Lippe zitterte.
»Wissen Sie, was geschehen ist?«, fragte Anton.
»Ja, sie haben es nach und nach erfahren«, sagte Jussuf Pascha, der breitbeinig vor ihnen stand. »In einer Karawanserei, in der er Rast gemacht hatte, war dem Wirt das Brandzeichen auf den beiden Rossen aufgefallen, die unser Freund mit sich führte. Es war das Zeichen des Sultans. Wie kommt so ein einfacher Mann zu diesen edlen Pferden?, fragte er sich. Er hielt Mehmed Ali für einen Dieb und weckte zwei Soldaten, die bei ihm eingekehrt waren. Sie nahmen Mehmed Ali fest und brachten ihn nach Edirne zurück. Und hier erkannte der Anführer der Janitscharen ihn wieder.«
Jussuf Pascha blickte zum Fenster hinaus, drückte zwei Finger gegen die Stirn und zog die grauen Brauen zusammen. »Man hat ihn nach Stambul überführt.«
Niemand sagte etwas. Anton drückte Fannis Hand. Er sah, dass sie versuchte, nicht zu weinen. Prinz Achmed biss sich auf die Lippe und starrte auf den breiten Rücken am Fenster. Langsam drehte Jussuf Pascha sich um und betrachtete seine drei hilflosen Gäste. Alle Kraft schien aus ihren Körpern gewichen. Jussuf Paschas Gesicht verfinsterte sich. Plötzlich klatschte er in die Hände, sodass Fanni zusammenzuckte. Er hatte ein Blitzen in den Augen, und man konnte sich vorstellen, wie dieser Mann ein ganzes Heer anführte.

»Das Schicksal fordert uns heraus«, rief er. »Es wird Zeit, dass wir es auch herausfordern.«

»*Was!?* Sie haben gut reden!« Fanni ballte verzweifelt die Faust. »Wir wissen langsam einfach nicht mehr weiter.«

»Oder haben Sie eine Ahnung, wie wir aus diesem Schlamassel herauskommen sollen?«, rief Anton bedrückt. »Überlegen Sie doch! Selbst wenn Sie es schaffen würden, Ihren Freund davon zu überzeugen, dass Prinz Achmed der rechtmäßige Herrscher ist, und selbst wenn Sie es schaffen, gemeinsam mit Ihren Verbündeten den Großwesir zu stürzen – was ist dann mit dem dritten Wunsch des Großwesirs?« Er warf Prinz Achmed einen vorsichtigen Blick zu. »Von dem wissen Sie nämlich noch nichts.«

»Welcher dritte Wunsch?«, fragte Jussuf irritiert.

»Mit seinem letzten Wunsch hat der Großwesir sich ... also, mit diesem Wunsch hat er sich den Tod Prinz Achmeds gewünscht.« Anton schluckte. »Und Sie wissen, was das bedeutet.«

Jussuf Paschas Augen verengten sich. Zum ersten Mal schien er ratlos zu sein. »So also!«, murmelte er und kratzte sich den grauen Bart. Das allerdings war fatal. »Der Großwesir hat den Dschinn geschickt ...« Fatal, fatal. Gegen den war kein Kraut gewachsen und keine Armee stark genug. Die Kraft eines Dschinn-Wunsches war bekanntlich nicht zu brechen ...

Anton schaute wieder zögernd zum Prinzen. »Wie kann der Prinz diesem Wunsch nur auf Dauer entgehen?«

Jussuf Pascha zupfte noch immer an seinem Bart. Der Prinz, der geschwiegen hatte, antwortete mit rauer Stimme für ihn: »Auch wenn der Wunsch erfüllt werden sollte, so darf Euch das nicht daran hindern, den Großwesir zu stürzen. Dieser Mann darf das Land nicht länger zugrunde richten, was auch immer mein Schicksal sein mag.«

Niemand wusste darauf etwas zu erwidern. Fanni war ebenfalls ans Fenster getreten und schaute auf die dunkle Straße und den Mond, der hinter den Zinnen des Palastes aufging. Sie dachte an Mehmed Ali, der jetzt gefangen war. Im Geist ging sie ihr letztes Gespräch mit ihm durch, als sie neben dem Orangenhain auf dem Mäuerchen gesessen hatte. Hatte er da nicht gesagt, vielleicht gäbe es doch einen Weg, den Wunsch abzubiegen? Aber welchen nur? Der Wunsch war diesmal eindeutig gewesen, da konnte Osman nicht schummeln.

Jussuf Pascha räusperte sich und erklärte, sie dürften die Hoffnung nicht aufgeben. Er werde jedenfalls Nachrichten an seine Verbündeten schicken. Sie sollten sich bereithalten, ihre Truppen zu sammeln. »Und meine jungen Freunde«, er klopfte Fanni und Anton beruhigend auf die Schulter, »reiten mit mir und dem künftigen Sultan nach Stambul. Wir brechen noch vor dem Morgengebet des Muezzin auf.«

Nächtlicher Besuch und eine Idee

Mitten in der Nacht wurde Anton durch ein leises Scheppern geweckt. Schläfrig setzte er sich auf. Der Mond stand groß und blass vor dem Fenster und goss sein fahles Licht auf die Teppiche. Warum war das Fenster offen? Der Diener hatte es doch am Abend geschlossen.

Anton schaute zu Fanni und Prinz Achmed, die unruhig neben ihm schliefen. Den Abend hatten sie bedrückt und fast schweigend verbracht; der Prinz hatte einmal sogar mit den Tränen gekämpft. Als Anton leise aufstand, um das Fenster zu schließen, trat er auf etwas Weiches, das an seinen Zehen kleben blieb. Es waren Stückchen von Türkischem Honig. Sie waren überall auf dem Teppich verstreut. Daneben lag die Schüssel, die ihnen ein Diener aufs Zimmer gebracht hatte. Sie musste runtergefallen sein. Das also hatte ihn geweckt!

Aus den Augenwinkeln bemerkte er eine kleine Bewegung. Und plötzlich begriff er, warum das Fenster offen war. Im Schatten der Zimmerecke stand eine rundliche Gestalt.

Antons Herz pochte. Vorsichtig trat er einen Schritt näher und flüsterte: »Wer ist da?«

»Ich bin es nur, kleiner Herr«, sagte eine vertraute Stimme. Es klang, als spreche jemand mit vollem Mund.

Anton bekam eine Gänsehaut. »Du?! Was machst du hier?« Seine Gedanken wirbelten durcheinander. Sollte er laut um Hilfe rufen? Aber die Kehle war ihm wie zugeschnürt.

»Verzeiht, den Leckereien konnte ich nicht widerstehen«, schmatzte es aus der dunklen Ecke. »Aber sie waren nicht der Grund meines Besuchs.«

Die Augen des nächtlichen Gastes glitzerten im Mondlicht.

»Was … was war denn der Grund?«, fragte Anton stockend und merkte, wie es ihm kalt den Rücken runterlief.

»Der Wunsch treibt mich zu euch und sorgt dafür, dass ich euch überall finde«, kam es dumpf aus der Ecke. »Und dieser Wunsch ist der Grund meines Besuchs.«

Anton stand wie erstarrt und wusste nicht, was er tun sollte. Hatte Prinz Achmed noch immer sein Messer neben dem Bett? Er machte einen Schritt auf Prinz Achmed zu, da kam wieder die sanfte Stimme aus dem Dunkel:

»Meine früheren Herren mögen mir glauben, dass ich ihnen nichts Übles will. Aber ich muss euch warnen. Meine Kraft lässt nach. Die Macht des Wunsches wächst von Tag zu Tag. Ich bin erschöpft und kann nicht viel länger widerstehen.«

Ein tiefes Seufzen drang aus der Ecke. »Ihr müsst euch beeilen, mein kleiner Herr.«

»Aber womit denn beeilen?«, rief Anton leise und verzweifelt. »Das hilft doch nicht gegen den Wunsch!«

Hatte er sich verhört, oder kam da aus dem Dunkeln ein kleines Kichern?

»Gewünscht ist gewünscht, da hast du leider recht. Aber beim Wünschen kommt es auf den Wortlaut an. Denkt noch einmal genau darüber nach. Das ist schon mehr, als ich euch nach dem Gesetz der Dschinn eigentlich sagen darf. Allah sei euch hold!«

Der Gast löste sich aus dem dunklen Winkel und trippelte zum offenen Fenster, ein Mondstrahl streifte einen Turban mit Feder, dann verschwand die Gestalt in der Nacht. »Bewahrt mir die Treue und hütet euch vor mir«, hörte Anton es noch wispern, dann war der korpulente Schatten über den Hof gehuscht.

Hinter Anton regte es sich. Jetzt war auch Fanni wach geworden und sah sich um. »Was ist passiert?«, fragte sie gähnend und schaute überrascht auf die verstreuten Süßigkeiten. »Warst du das, du Tollpatsch?«

»Nein, Fanni, du glaubst es nicht! Osman war da«, flüsterte Anton, der den Prinzen nicht wecken wollte. »Er hat uns gefunden. Er sagte, er kann dem Wunsch nicht viel länger widerstehen. Und dass wir uns beeilen sollen.«

»Hat er sonst noch was gesagt?«, fragte Fanni schlaftrunken.

»Dann hat er noch gesagt, beim Wünschen käme es auf den Wortlaut an. Aber das wissen wir ja.«

»Halt!« Fanni war plötzlich hellwach. »Das hat er wirklich gesagt?« Sie saß jetzt aufrecht im Bett und dachte angestrengt nach. Auf jedes einzelne Wort kam es an … Jedes einzelne. Irgendwo in diesem Satz steckte die Lösung. Aber welche? Gäbe es doch einen Weg? Hatte Mehmed Ali doch recht gehabt? Sie sprang auf, denn plötzlich schoss ihr etwas durch den Kopf.

»Anton, ich glaube, ich hab's! Los, wir wecken Prinz Achmed und gehen mit ihm zu Jussuf Pascha. Und zwar sofort.«

»Mich müsst ihr nicht wecken«, kam eine ruhige Stimme aus der Dunkelheit. Der Prinz war ebenfalls wach geworden. »Ich habe alles gehört.«

Jussuf Pascha schien nicht überrascht, als die drei mitten in der Nacht bei ihm hereinstürmten. Seine Lampe brannte noch; auch er hatte unruhig geschlafen und sich die Sorgen gemacht, die er sich tagsüber vor den Kindern nicht hatte anmerken lassen wollen. Diese Sorgen wurden durch Fannis Bericht noch verstärkt.

»Was, der Dschinn war trotz der Wachen ins Haus eingedrungen?«, rief Jussuf Pascha. Sollte man nach ihm suchen lassen? Aber er war sicher schon längst über alle Berge.

Jussuf Pascha fiel auf, dass Fanni nicht so verstört wirkte, wie sie es hätte sein sollen. Im Gegenteil – insgeheim schien sie über etwas zu triumphieren.

»Lass das!«, zischte sie gerade Anton zu, der sich klebrige Honigreste aus den Zehen zupfte. Dann wandte sie sich fast feierlich an den Hausherrn. »Vielleicht hatten Sie gestern doch recht«, sagte sie mit Stolz in der Stimme. »Vielleicht können wir wirklich das Schicksal herausfordern. Osman hat uns da eine Art Tipp gegeben.«

»Wie meint Ihr das?«, fragte Jussuf Pascha erstaunt.

Fanni schaute lächelnd zum Prinzen. »Was hat der Großwesir sich damals von Osman gewünscht? Erinnerst du dich noch an die genauen Worte, die auf diesem Zettel standen?«

Der Prinz, der den Wunsch im Geist schon hundertmal wiederholt hatte, sah Fanni mit zusammengezogenen Brauen an. »Das weißt du doch«, sagte er. »Auf dem Zettel stand: ›Ich wünsche mir, dass du Prinz Achmed tötest.‹«

»Genau!« Fannis Lächeln wurde noch etwas breiter. »*Prinz* Achmed!«

»Aber Fanni!«, rief Anton erschrocken. Das war wirklich geschmacklos, warum machte sie das?

Doch Fannis Blick war ganz auf den Prinzen gerichtet, der ihn aus kühlen grauen Augen erwiderte. Auf einmal trat ein Lächeln in diese Augen.

»Ja, genau, du hast recht.« Er wandte sich an Jussuf Pascha und Anton. »*Prinz* Achmed! Versteht ihr?«

Die beiden schauten den Prinzen verwirrt an.

»Was Fanni meint«, fuhr der Prinz fort, »ist ganz einfach. Angenommen, ich bin nicht mehr Prinz Achmed, sondern *Sultan* Achmed – gilt der Wunsch dann immer noch?«

Jussuf Pascha schlug sich mit der flachen Hand an die Stirn.

»Warum bin ich darauf nicht selbst gekommen?!«, sagte er und legte seinem jungen Herrscher eine Hand auf die Schulter. »Sie könnte recht haben.«

»Sie *hat* recht«, sagte Prinz Achmed ruhig. »Der Wunsch hat eindeutig den *Prinzen* und nicht den *Sultan* Achmed gemeint.«

»Und Osman sagte eben, dass man den Wunsch in *genau* die richtigen Worte fassen muss, sonst geht er daneben«, rief Anton aufgeregt. »Wir haben's ja auch schon oft genug erlebt! Denkt nur an unsere Villa ohne Strom!«

Jussuf stutzte kurz: eine Villa ohne Strom? Seit wann flossen ganze Ströme durchs Haus? Für die Wasserversorgung genügte doch ein Ziehbrunnen?

Anton und Fanni strahlten. Jetzt gab es wenigstens einen Hoffnungsschimmer. Von Prinz Achmeds Schultern schien die Last eines Ochsen gefallen zu sein. Er boxte sogar Anton in die Seite, was er noch nie getan hatte.

Jussuf Pascha hatte sich als erfahrener Feldherr schon auf die neue Lage eingestellt.
»Es ist keine Zeit mehr zum Zaudern. Die Verbündeten werden benachrichtigt. Der Prinz muss zum Sultan gekrönt werden, bevor es zu spät ist. Wir reiten noch in dieser Stunde.«
Er ließ die Stallburschen und Diener kommen, Lampen wurden angezündet, und ein reges nächtliches Treiben begann. Jussuf Pascha gab mit gedämpfter Stimme knappe Anweisungen. Nach kurzer Zeit waren die Pferde gesattelt und die Taschen für die Reise gepackt.

Weil die Diener Lappen um die Hufe der Pferde gebunden hatten, hörte man nur das leise Quietschen des Sattelleders, als die kleine Gruppe durch ein Seitentor aus der Stadt hinausritt. Der Mond stand tief am Himmel, und schon bald lenkte Jussuf Pascha sein Pferd auf einen schmalen Pfad, der von der Hauptstraße hinab in ein Laubwäldchen führte. Sie mussten vorsichtig sein und die Straßen meiden, hatte er Prinz Achmed erklärt, der sich dicht hinter ihm hielt.
Das Mondlicht schimmerte silbern auf den Blättern der Pappeln, an denen sie vorbeiritten. Eine kühle Brise raschelte in den Zweigen, und auf dem Boden lag leichter Raureif. Anton war froh, dass sie dicke Umhänge für die Reise bekommen hatten; Jussuf Pascha hatte

alles bedacht. Schweigend trabten sie schmale Ziegenpfade entlang. Sie überquerten einen Fluss und ritten auf eine Senke zu, die in eine breite Ebene überging. Als der Himmel sich schließlich aufzuhellen begann, stieg aus den Wiesen dampfender Morgennebel.

Der Pascha deutete auf die milchige Fläche. »Wir haben Glück«, sagte er. »Der Nebel macht uns unsichtbar. Nicht einmal die wachsamen Janitscharen können uns finden. Wäre es nur etwas später, müssten wir einen riesigen Umweg reiten. Bei Tag ist der Blick über weite Entfernungen frei. Wenn wir uns beeilen, schaffen wir eine gute Strecke, bevor der Nebel sich lichtet.«

Er drückte die Sporen in die Flanken seines Pferdes, und sie galoppierten los. Anton musste gegen seine Schläfrigkeit ankämpfen, erst jetzt merkte er, wie kurz die Nacht gewesen war. Doch die Anspannung hielt ihn wach, und sein Pferd war fast so schnell wie damals Osman. Fanni blieb dicht vor ihm und dachte daran, dass sie sich mit jedem zurückgelegten Kilometer Mehmed Ali näherte. Und natürlich Mama und Papa.

Als die Sonne höher kletterte, lichtete sich der Nebel, und der Blick auf die weite Ebene wurde frei. Wie Jussuf Pascha gesagt hatte, konnte man ungehindert große Entfernungen überblicken. Die Sonnenstrahlen wärmten Antons klamme Glieder und vertrieben die letzten weißen Schleier. Jussuf Pascha steuerte einen Birkenhain an, der wie ein Inselchen aus dem Meer des Flachlands ragte. »Dort machen wir Rast.«

Nicht nur die Pferde, denen dicker Schaum aus den Nüstern quoll, hatten eine Pause nötig. Anton konnte kaum noch auf den Beinen stehen. Sie waren zu müde, um viel zu sprechen, und als sie ihren Proviant gegessen hatten, schliefen sie abwechselnd ein paar Stunden, während immer einer Wache hielt. Erst am frühen Abend ritten sie weiter.

Die Landschaft wurde allmählich hügeliger. Der Mond war von Wolken verschleiert. Bald gerieten sie wieder in eine Nebelbank, die immer dichter wurde. Anton musste sich vorbeugen, um die Ohren seines Pferds zu erkennen. Der Schweif von Fannis Schimmel war kaum noch zu sehen. Er verschwamm in der weißgrauen Nebelwand.

»Bleibt ganz dicht beisammen!«, rief Jussuf Pascha nach hinten. »Wir wollen keinen von euch im Nebel verlieren.«

Als die weißen Schwaden sich für einen Moment lichteten, brachte Jussuf Pascha sein Pferd neben einem Baum plötzlich zum Stehen. Er stellte sich auf die Steigbügel, streckte sich hoch und schnitt etwas von einem Ast ab, das wie ein großer brauner Kürbis aussah.

»Was ist denn das?«, fragte Anton, während der Pascha vom Pferd sprang, die Kugel im Frost wälzte und sie dann in seinen Umhang hüllte.

»Oh, das ist ein Hornissennest.«

»Was?!« Anton erschrak. »Aber die stechen doch.«

»Keine Sorge. Dazu ist es ihnen jetzt zu kalt. Aber sie können uns vielleicht noch nützlich werden. Ab hier wird unser Weg gefährlicher.«

Als sie weiter durch den Nebel ritten, schien Jussuf Pascha zunehmend verwirrt. Immer wieder blieb er stehen und tippte mit dem Zeigefinger gegen seinen Kompass. »Irgendetwas stimmt hier doch nicht«, hörte Anton ihn murmeln.

Der Nebel machte sie alle schläfrig. Anton sah, wie Fanni auf ihrem Pferd einnickte, dann zuckte sie zusammen und riss sich wieder aus dem Schlaf.

Auch Anton musste eingedöst sein, denn als er das nächste Mal die Augen aufschlug, hatte sich der Nebel wieder etwas gelichtet.
Sie waren auf einer Anhöhe angelangt, an deren Fuß sich eine Straße entlangwand. Der Pascha hatte die Zügel von Antons Pferd angezogen, nach unten gedeutet und alle flüsternd zur Ruhe ermahnt. Jetzt sahen sie, wie ihnen auf der Straße winzige Lichter entgegenflackerten. Ein berittener Zug kam langsam näher, die Reiter trugen brennende Fackeln. Als der kleine Treck sie fast erreicht hatte, sah Anton die hohen weißen Mützen der Janitscharen. Im Licht der Fackeln sah er, dass sie einen Gefangenen in ihrer Mitte führten. Anton erkannte ihn sofort an der roten Pluderhose, der Weste und dem Turban mit der wippenden Feder. Der Zug war nun direkt unter ihnen angelangt. In der klaren Luft, in der die Stimmen weit trugen, hörte Anton, wie Osman seine Bewacher beschimpfte.
»Ungehobeltes Soldatenpack!«, klagte er. »Lockert endlich meine Fesseln.« Seine Arme waren nach hinten gebunden. Ein Janitschar schlug ihm mit einem Stock auf den Rücken, sodass Osman aufjaulte.
»Noch ein Wort, und wir werden dem Großwesir melden, dass dem Gefangenen bei einem Fluchtversuch ein Missgeschick zugestoßen ist.« Die Janitscharen johlten. Ein anderer rief dem Ersten zu:
»Leider will der hohe Herr ihn unbedingt lebend. Aber ein bisschen piksen kann man ihn doch wohl trotzdem.« Er ritt näher an Osman heran und bohrte ihm einen Stock in die Seite. Osman quiekte auf wie ein Ferkel.
»Das war Osman«, sagte Prinz Achmed leise zu Jussuf Pascha. »Es klingt so, als würden sie ihn zum Großwesir bringen.«
Hinter Büschen und hohem Gras verborgen, schauten sie dem Treck nach, bis er um die nächste Biegung verschwunden war.

»Umso besser, wenn der Dschinn gefangen ist«, sagte Jussuf Pascha und nahm die Zügel in die Hand. »Die Janitscharen haben uns Arbeit abgenommen. Wir müssen uns nur beeilen, dass wir vor ihnen in Stambul ankommen.«

Er wendete sein Pferd, doch Prinz Achmed folgte ihm nicht.

»Was ist? Warum zögert Ihr?«

Prinz Achmed errötete leicht. »Ich kann Osman nicht in der Hand dieser Leute lassen. Wir müssen ihn befreien.«

Jussuf Pascha ließ die Zügel wieder sinken. »Aber Eure Hoheit, warum denn das?« Er musste an sich halten, um nicht laut zu werden. »Habt Ihr allen gesunden Sinn verloren? Ihr werdet doch nicht den Skorpion befreien, der Euch stechen will!«

Das *Hornissennest*

»Ich weiß, dass es nicht vernünftig klingt«, sagte der Prinz stockend. »Aber ich selbst habe ihn in diese Lage gebracht. Ihn jetzt alleinzulassen, wäre gegen die Ehre. Und er hat die ganze Zeit versucht, mich zu beschützen. Wenn er es gewollt hätte, hätte er mich schon längst töten können. Gelegenheit dazu gab es genug.«

Hilfe suchend wandte er sich an Fanni und Anton. »Könnt *ihr* dabei zusehen, wie Osman gequält wird?«

Anton gab zu, dass der Dschinn ihm auch ein bisschen leidtat. Fanni dachte kurz nach und sagte dann: »Keiner weiß, was der Großwesir mit ihm anstellen wird. Er wird schon Mittel und Wege finden, Osman zur Erfüllung des Wunsches zu zwingen, sobald wir nur in Stambul sind. Mit Zuckerbrot oder Peitsche. Ihr wisst, was für einen schlimmen Einfluss er auf Osman hat. Bei uns haben wir ihn wenigstens unter Kontrolle.«

Jussuf Pascha hatte bislang nur ungläubig den Kopf geschüttelt. Doch Fannis Gedanke war nicht ganz von der Hand zu weisen. Er sah seine drei Schützlinge an und seufzte.

»Ich sehe Eure Hoheit nicht gern noch größerer Gefahr ausgesetzt«, sagte er schließlich. »Aber wer bin ich, dem künftigen Sultan zu widersprechen? Wenn es Euer erklärter Wunsch ist, dann sei er in Allahs Namen erfüllt. Im Buch des Schicksals steht es geschrieben, ob Ihr Sultan werdet oder Opfer eines Dschinn. Dann also mir nach!«
Er zeigte auf den Wald, der steil neben ihnen anstieg und sich im Dunkeln verlor. »Die Straße macht hier einen großen Bogen. Wir müssen diesen Berg überqueren, dann sind wir noch vor ihnen da und können ihnen den Weg abschneiden.«
Er schnalzte mit der Zunge und setzte sich in Trab. Anton staunte, wie gut Jussuf sich hier auskannte. Sie ritten an hohen Felsen und steilen Schluchten vorbei auf die andere Hangseite. Dort glitzerte unter ihnen in der frühen Morgensonne eine schmale silberne Schlange – die Straße.
»Bindet die Pferde hier an und folgt mir«, befahl Jussuf Pascha. »Wir müssen uns beeilen.« Über das taunasse Gras rutschten und schlitterten sie den Hang hinab, bis sie auf dem breiten gepflasterten Weg standen.
»Sammelt Reisig, so viel Ihr findet. Aber schnell!«
Anton bemerkte, dass ihr Freund etwas unter dem Arm hielt, das in einen Umhang eingeschlagen war. Es war das Hornissennest. Während die drei in aller Eile trockene Äste und Zweige zusammentrugen, band Jussuf Pascha das Nest an einen Weidenast, der sich weit über den Weg beugte.
»Häuft das Reisig direkt darunter auf!« Er holte eine Fackel und zwei Feuersteine aus seiner Tasche und begann, sie kräftig aneinanderzureiben. In der Ferne sah Anton flackernde Lichter auftauchen. Sie näherten sich viel zu schnell.

»Sie kommen!«, rief er ängstlich.
Jussuf Pascha fluchte leise. Die Funken wollten nicht auf seine Fackel überspringen.
»Es kann sein, dass wir Euren Freund nicht retten können«, knurrte er. »Klettert, so schnell Ihr könnt, die Böschung hinauf. Macht schon.«
Die drei zögerten.
»Tut, was ich Euch sage!«, fuhr Jussuf Pascha sie an. Er kämpfte noch immer mit den Steinen. Die Reiter waren schon deutlich zu erkennen.
»Los, kommt«, zischte Fanni. Sie nahm Prinz Achmed am Arm und begann, mit ihm die Böschung hinaufzuklettern. Anton wollte schon hinterher, da fiel ihm etwas ein. Etwas, das er schon so lange mit sich in der Hosentasche herumtrug, dass er gar nicht mehr daran gedacht hatte – die Streichhölzer!
»Warten Sie«, sagte er und bückte sich zu Jussuf Pascha hinab. »Damit geht's schneller.« Überrascht starrte der Pascha auf die kleine Flamme, die plötzlich zwischen Antons Fingern hochschoss. Im Nu brannte die in Öl getränkte Fackel. Jussuf Pascha riss seinen Blick von dem kleinen Rechteck in Antons Hand.
»Jetzt aber schnell weg hier!«, rief er. Während Anton den Berg hinaufkletterte, warf Jussuf die Fackel in den Reisighaufen. Das Holz war so trocken, dass die Flammen gleich aufloderten. Als sie sich an dem Hornissennest hochzüngelten, erwachten die Hornissen aus der Winterstarre, und es fing an, im Nest zu summen.
Der Pascha sprang nun auch die Böschung hinauf. Gerade noch rechtzeitig, denn der Treck war schon fast auf seiner Höhe.
»He! Was fällt dir ein, mitten auf dem Weg Feuer zu machen!«, schrie der Anführer ihm nach. »Komm sofort zurück, du Sohn eines Esels. Sonst holen wir dich da raus.«

Der Mann zügelte sein schnaubendes Pferd neben der Weide und spähte nach oben. Doch der Pascha war spurlos im Buschwerk verschwunden. Inzwischen hatten auch die anderen Reiter die Weide erreicht und blickten suchend zur Böschung hinauf.
»Na, dann kommt und holt mich doch!«, rief Jussuf Pascha plötzlich aus seinem Versteck. Dann zückte er seinen Bogen, setzte einen Pfeil auf die Sehne und zielte. Der Pfeil schnellte los und landete mitten im Hornissennest. Es brach sofort auseinander, und noch während es zu Boden fiel, schwärmten die Hornissen aus. Die Reiter wussten nicht, wie ihnen geschah. Es war, als stürzte sich eine kleine fliegende Armee auf sie.
Anton, Fanni und Prinz Achmed hatten sich weiter oben hinter Brombeerbüschen versteckt. Durch die Zweige beobachteten sie das heillose Durcheinander, das in kürzester Zeit entstand. Die Reiter fuchtelten um sich und bellten sinnlose Kommandos. Ihre von Hornissen gestochenen Pferde wieherten und bäumten sich auf. Und dann sah Anton, wie Jussuf Pascha, der den richtigen Moment abgepasst hatte, von einer schräg am Hang wachsenden Eiche auf den Schimmel sprang, auf dem der gefesselte Osman saß. Er gab dem Tier die Sporen, und das Pferd galoppierte mit seinen zwei Reitern davon.
Die Janitscharen bemerkten nicht gleich, was geschehen war. Sie waren damit beschäftigt, ihre eigenen Tiere zu bändigen und die Hornissen abzuwehren, die immer wütender wurden. Immer mehr Pferde gingen mit ihren Reitern durch und flohen im Galopp vor den schmerzhaften Stichen. Das Wiehern und die Fluche, die durch den Wald hallten, wurden allmählich leiser. Endlich verstummten sie ganz. Die Janitscharen waren in die Flucht geschlagen.
Die Geschwister und Prinz Achmed krochen langsam aus ihrem Ver-

steck und schauten sich um. Weit und breit war niemand zu sehen. Ein paar Hornissen tanzten noch immer im Schein des ersterbenden Feuers. Auf dem Boden der Straße lagen Satteltaschen und Decken, die die Reiter hatten fallen lassen.

Vorsichtig kletterten die drei die Böschung hinab, durchsuchten die Taschen und fanden Proviant, den sie einsteckten. Dann stiegen sie wieder hinauf zu ihren Pferden, die im Schutz einiger Birken auf sie warteten. Die frühen Sonnenstrahlen blitzten hinter den Baumwipfeln auf und vergoldeten die Hügelspitzen. Wo steckten Jussuf Pascha und Osman? Hoffentlich war ihnen nichts geschehen.

Das Knacken von Zweigen ließ sie aufhorchen. Kurz darauf brach ein Schimmel durchs Unterholz. Osman saß vorn und winkte ihnen huldselig zu. Seine Hände waren nicht mehr auf dem Rücken gefesselt, aber gefesselt waren sie immer noch. Jussuf Pascha wollte offenbar kein Risiko eingehen. Jetzt rutschte Jussuf vom Sattel und band sein eigenes Pferd vom Baum los.

»Schnell!«, rief er und schwang sich auf seinen Rappen. »Die Janitscharen werden zurückkommen, um nach uns zu suchen. Sie werden begreifen, dass sie in eine Falle getappt sind.«

So tief wie möglich über den Pferdehals gebeugt, folgten ihm die anderen in den Wald. Zweige klatschten ihnen ins Gesicht, und das dornige Gestrüpp riss an ihrer Kleidung. Osman quietschte immer wieder auf. Als er einmal neben Anton ritt, rollte er mit den Augen.

»Hat der Wunsch mich schon wieder zu euch geführt!«, seufzte er.

Doch schon ging es weiter, über kleine plätschernde Bäche und einen Bergkamm in einen neuen Wald. In der Stille klangen die knackenden Äste unter den Pferdehufen wie kleine Pistolenschüsse. Von den Janitscharen war nichts zu sehen.

Als die Sonne schon hoch stand, ließ Jussuf Pascha die erschöpften Reiter endlich rasten.

»Hier sind wir vorläufig sicher«, sagte er. »So weit können sie unserer Spur unmöglich folgen.«

Sie ließen sich auf einem weißen Felsen nieder, der von der Mittagssonne angenehm aufgeheizt war. Die Wasserbeutel wurden herumgereicht, und Fanni verteilte Fladenbrot, Datteln und kalte Fleischröllchen, die Jussuf Paschas Diener eingepackt hatten. Vor allem Osman griff gierig zu und erkundigte sich kauend nach dem Dessert. Seine Fesseln hatte Jussuf Pascha inzwischen gelöst und lobte jetzt die Kinder dafür, den Proviant der Soldaten eingesteckt zu haben. So hatten sie noch ein paar zusätzliche Tage, an denen sie kein Gehöft aufsuchen mussten.

Anton saß neben Osman und beobachtete ihn unauffällig. Seit seiner Rückkehr hatten er und Fanni den Dschinn nicht aus den Augen gelassen und aufgepasst, dass er dem Prinzen nicht zu nahe kam. Nun war Anton aber doch neugierig, wie er in die Hände der Janitscharen gefallen war.

»Was ist eigentlich passiert, nachdem du in der Nacht bei uns warst?«, fragte er und nahm sich noch ein Stück Fladenbrot.

»Ein tückischer Hinterhalt«, antwortete Osman und verzog schmerzlich das Gesicht, während er seine wunden Pobacken massierte. »Ich bin das Gehoppel auf diesen Gäulen nicht mehr gewohnt«, stöhnte er und nahm sich eine Handvoll Datteln. Mit vollem Mund fuhr er fort: »Als ich zurück zum Brunnen ging, lauerten mir diese Kerle auf und warfen mich zu Boden. Es waren so viele, dass ich mich nicht wehren konnte.«

»Hättest du dich nicht wieder in ein Pferd verwandeln können, um ihnen zu entkommen?«, fragte Anton weiter. »Oder zumindest in eine Ratte? Oder eine klitzekleine Ameise?«

»Das erlauben meine Dschinn-Kräfte im Moment leider nicht. Wie ihr wisst, sind sie gerade etwas geschwächt.« Er warf einen Seitenblick auf Prinz Achmed, der im Schatten eingenickt war.

Jussuf Pascha hatte sich zu ihnen gesetzt und betrachtete den Dschinn misstrauisch.

»Geschwächt auch durch die Tage und Nächte im Brunnen, in den immerzu klatschend der Eimer fällt. Wie soll ein zutiefst erschöpfter Dschinn da zur Ruhe finden?« Er seufzte laut. »Und all das ohne meine Flasche ...«

Jussuf Pascha hob eine Augenbraue. Er verstand nicht ganz. »Eure Flasche?«, fragte er höflich.

»Osman braucht sie, um sich darin wieder zu erholen«, erklärte Anton.

Der Pascha, der immer noch nichts verstand, nickte milde. Er war noch nie einem Dschinn begegnet, aber dieser schien jedenfalls ziemlich undurchsichtig.

»Unglücklicherweise ist meine Flasche in der Hand des Großwesirs«, fuhr der Dschinn fort und schob sich eine weitere Handvoll Datteln in den Mund, wie Jussuf Pascha mit Sorge bemerkte.

»Ich hörte, er sei sehr zornig mit mir. Deshalb sandte er die Janitscharen aus, mich in Edirne zu suchen und zurück nach Stambul zu holen.«

»Ich dachte, sie haben dort Prinz Achmed und Mehmed Ali gesucht«, sagte Anton überrascht.

»Gewiss, mein Herr«, antwortete Osman. »Das auch. Der Großwesir ist ein kleiner Mann, aber auf den Kopf gefallen ist er nicht. Er konnte sich zusammenreimen, dass wir drei am gleichen Ort sein würden.«

»Und warum wollte er dich nach Stambul holen?«, fragte Anton.

»Er ahnt wohl, dass ich ihn an der Nase herumführe und die Erfüllung meiner Pflicht hinauszögere. Schließlich sind einige Wochen vergangen, seit er jenen« – Osman blickte vorsichtig zum schlafenden Prinz – »jenen abscheulichen Wunsch ausgesprochen hat. Nun will er mich dazu zwingen, ihn endlich in die Tat umzusetzen. Darum war es nur richtig, mich aus den Händen seiner tollwütigen Teufel zu befreien. Tiefsten Dank dafür nochmals meinem hochwürdigen Retter!«

Osman verbeugte sich vor Jussuf Pascha und rieb sich eine wunde Stelle im Rücken, wo ihn der Stock getroffen hatte. »Ich stehe auf ewig in Eurer Schuld.« Jussuf Paschas Blick zeigte, dass er mit Schmeicheleien nicht zu umgarnen war.

Ein lautes Gähnen durchfuhr den Dschinn. Er streckte sich lang, sodass seine Knochen knackten. »Wir sollten es dem Prinzen nachtun und alle ein wenig ruhen«, erklärte er. Auch die anderen merkten jetzt, wie erschöpft sie waren, und Jussuf Pascha stimmte Osman zu. Abwechselnd hielten immer zwei Wache, während die anderen schliefen. Zwar hatte auch Osman seine Wachdienste angeboten, doch die hatte Jussuf Pascha freundlich abgelehnt. Anton lag neben Fanni und nahm ihre Hand. Er spürte, dass sie sich fragte, wie es jetzt wohl Mehmed Ali erging.

Osmans Verwandlung

Sowie die helle Scheibe des Mondes hinter den Hügeln aufgestiegen war, brachen sie wieder auf. Sie versuchten, sich weiter durch die Wälder zu schlagen, mussten aber schon bald wieder umkehren. Das Dickicht und das Unterholz erlaubten kein Durchkommen.

»Es bleibt uns nichts übrig, als neben der Straße zu reiten«, entschied Jussuf Pascha und zog seinen Kompass. »Sie liegt in dieser Richtung«, sagte er, »folgt mir und haltet die Augen offen! In drei bis vier Tagen sollten wir das Meer erreichen, dann wird alles leichter. Aber wir müssen vorsichtig sein!«

Nach einem längeren Ritt, bei dem Jussuf Pascha immer wieder nach hinten zischen musste, Osman solle aufhören zu jammern, sahen sie die lang gewundene Straße zwischen Bäumen und Wiesen aufblitzen. Als sie in die Nähe eines Dorfes kamen, lenkte der Pascha die kleine Gruppe zurück in die Pinienwälder, die sich jetzt wieder etwas lichteten.

Langsam graute der Tag. Die Frühnebel zogen in dichten Schwaden zwischen den Hügeln auf, schoben ihre klammen, feuchten Finger

unter die wärmenden Umhänge der Reiter und ließen alle frösteln. Anton zog seinen Mantel noch fester um die Schultern und achtete darauf, dass er im milchig weißen Dunst nicht seinen Vordermann verlor.
Sie ritten schweigend hintereinanderher, nur das leise Quietschen der Sättel und das gedämpfte Schlagen der Hufe auf nebelfeuchtem Gras waren zu hören. Anfangs hatten sie noch ein paar Worte gewechselt, aber mit der Zeit wurde der Nebel immer dichter und hüllte sie in seine tiefe Stille ein. Auch ihre Stimmen klangen unnatürlich dumpf, und so wurden ihre Gespräche immer karger und entfielen schließlich ganz. Selbst Osman hatte aufgehört, sich über das fehlende Frühstück zu beschweren.
Jussuf Pascha blieb immer wieder stehen, beugte sich über seinen Kompass und die Landkarte und schimpfte leise vor sich hin. »Warum lichtet sich nur dieser Nebel nicht? So etwas habe ich noch nie erlebt«, sagte er und schüttelte seinen Kompass, als könnte er ihn dadurch reparieren. Auf Antons Frage, was los sei, antwortete er:
»Die Kompassnadel ist närrisch. Sie dreht sich mal in die eine und dann wieder in die andere Richtung.« Ratlos schaute er hinauf in die dichte Wolkenbank. »Diesmal lässt uns das Glück im Stich«, seufzte er. »Die Sterne können uns nicht führen, und um den Nebel zu vertreiben, fehlt die Sonne.«
Anton versuchte, gegen die Müdigkeit anzukämpfen. Er wagte es nicht, eine Pause vorzuschlagen, denn der feuchte Boden und das nasse Gestrüpp waren wenig einladend. Außerdem wussten sie nicht, ob die Janitscharen Verstärkung geholt hatten und schon auf der Suche nach ihnen waren. Ohne dass er es merkte, lullte das gemütliche Schaukeln auf dem Sattel ihn ein, und irgendwann war er weggedöst.

Auch Fanni, Prinz Achmed, Osman und Jussuf Pascha schliefen einer nach dem anderen ein.

Helles, gleißendes Licht weckte Anton. Die Sonne strahlte aus einem tiefblauen Himmel und blendete ihn. Ein leichtes Rauschen lag in der Luft, das anders klang als das Rauschen des Winds. Als Antons Augen sich an das Licht gewöhnt hatten, sah er eine Anhöhe vor sich, auf der Pinien wuchsen. Dahinter erstreckte sich der Horizont. Erst jetzt begriff er, dass sie den Wald hinter sich gelassen hatten.
Auch der Pascha hatte das Rauschen bemerkt. Er drückte die Sporen in die Flanken seines Pferdes und trabte als Erster die Anhöhe hinauf. Dann stieß er einen Freudenschrei aus und drehte sich zu den anderen, die ihm langsamer gefolgt waren.
»Wir sind am Meer!«, rief er laut. »Wir sind wirklich am Meer! Es ist unmöglich, aber wir haben seit gestern die Hälfte der Reise zurückgelegt.«

Steif kletterten sie aus dem Sattel und liefen über die Dünen auf den weiten, leeren Sandstrand zu. Überrascht stellte Anton fest, dass er so ausgeruht war, als hätte er eine ganze Nacht durchgeschlafen.
Am Saum des Meeres krempelten die Kinder die Hosenbeine hoch und kühlten die Füße in den heranrollenden Wellen. Es war nach all der Anstrengung ein herrliches Gefühl. Auch Osman konnte nicht widerstehen und watete ins Wasser. Dann tauchte er prustend ganz unter, bis nur noch seine Feder zu sehen war, die wie ein Fähnchen zwischen den Wellen schwamm.
Jussuf Pascha war am Ufer geblieben und hatte sich in den Schatten einer großen Düne zurückgezogen. Anton sah vom Meer aus, dass er

seine Karten studierte, wieder seinen Kompass klopfte und mit sich selber sprach. Als sie erfrischt aus dem Wasser kamen und sich zu ihm setzten, legte Jussuf die Pergamente kopfschüttelnd zur Seite. »Es ist einfach nicht möglich«, murmelte er. »Ich habe schon manches Manöver geleitet und schon manchen Schleichweg entdeckt, aber das hier ist unerhört.«

Er schüttelte wieder lange den Kopf. »Auf welchem Weg sind wir nur hierhergelangt?«

Anton grub die nackten Füße in den warmen Sand und schaute auf die glitzernde blaue Fläche des Meeres. Ab und zu stürzten sich kleine weiße Punkte aus der Luft hinab; es waren Seemöwen, die einen Fisch entdeckt hatten. Ihr Kreischen mischte sich in das beruhigende Brausen der Brandung.

Der Prinz fragte Jussuf Pascha besorgt: »Haben wir etwas falsch gemacht?«

»Nichts«, antwortete Osman anstelle des Paschas. Er saß in einer kleinen Pfütze, und seine Feder hing tropfend über seiner Nase. Auch seine roten Pluderhosen tropften. »Gar nichts falsch gemacht. Alles ist richtig. Alles so, wie es sein soll. Fast alles gut!« Seine Stimme klang merkwürdig schrill. Ein Lächeln zuckte über sein Gesicht, das etwas blasser schien als sonst.

Jussuf Pascha starrte ihn an. »Habt Ihr da etwa Eure Finger im Spiel?«, fragte er.

»*Ich* nicht«, antwortete Osman und pustete seine Feder trocken. »Ich bin nur ein einfacher Dschinn mit schwindenden Dschinn-Kräften. Ein bisschen reduziert. Aber da gibt es höhere Mächte im Spiel.« Wieder zuckte ein Muskel in seinem Gesicht.

Jussuf Pascha packte endgültig seine Karten weg. »Also gut. Ich will mich nicht beklagen. Nehmen wir es als ein göttliches Geschenk«, sagte er und trug die Karten zu seinem Pferd, um sie in die Satteltasche zu stecken.

Niemand hatte bemerkt, dass Osman aufgestanden war. Die Sonne und das Meeresrauschen machten alle träge. Fanni und Anton lagen mit geschlossenen Augen im warmen Sand. Dennoch musste Anton etwas gespürt haben. Er öffnete blinzelnd ein Auge. Vor ihm stand reglos und tropfend der Dschinn. Es war sein Blick, der Anton erschreckte. Er wusste sofort, dass etwas nicht stimmte. Die fiebrig glitzernden Augen des Dschinn waren weit aufgerissen und auf Prinz Achmed gerichtet. Seine Arme hingen verkrampft herab, und ein starkes Zittern ging durch seinen Körper.

»Wir sollten aufbrechen«, stieß er hervor. Seine Stimme klang hohl. Er zögerte noch eine Sekunde, und dann ging alles ganz schnell. Osman machte einen Satz auf den Prinzen zu, der sich behänd zur Seite rollte. Bevor Osman ihn erreichen konnte, war Anton aufgesprungen und warf sich auf den Dschinn. Fanni schrie: »Hilfe, Hilfe!«, und drängte sich schützend zwischen Osman und den Prinzen, der die Knie angezogen hatte und die Fäuste ballte. Jussuf Pascha hatte den Ruf gehört. Er ließ die Satteltasche fallen und zückte noch auf dem Weg zu ihnen sein Schwert.

»Wusste ich doch, dass es ein falscher Patron ist«, knurrte er, als er die Klinge an Osmans Kehle hielt.

»Tötet ihn nicht!«, rief Achmed, der immer noch wie ein Igel dalag. Der Körper des Dschinn zitterte jetzt wie das Meer, wenn ein Sturm darüberfegt.

»Aus dem Weg!«, keuchte er schrill. »Ich kann dem Wunsch nicht länger ...«

Dann sackte er in sich zusammen und blieb ohnmächtig liegen.
Anton dachte zuerst, Jussuf Pascha hätte ihm das Schwert in die Brust gestoßen, doch dann sah er, dass der Dschinn unverletzt war. Er lag zusammengekrümmt im Sand und rührte sich nicht.
Jussuf Pascha nahm den Prinzen am Arm und führte ihn zu seinem Pferd. Fanni und Anton folgten benommen. Der Schock saß allen in den Gliedern. Niemand sagte ein Wort, als sie auf die Pferde stiegen. Was war jetzt mit Osman? Niemand sprach davon, als sie langsam losritten. Niemand hatte gefragt, ob sie ihn mitnehmen sollten. Es war, als hätten sie vereinbart, über das gerade Erlebte zu schweigen. Sie ritten immer weiter und hingen ihren Gedanken nach. Irgendwann hielt Anton es nicht mehr aus und drehte sich um. Er sah, wie der Dschinn noch immer reglos neben der Düne lag. Als er sich das nächste Mal umwandte, war er nur noch ein winziger roter Punkt, der im Licht der Nachmittagssonne mit seiner Umgebung verschmolz.
Diesmal ritten sie an der Küste entlang. Jussuf Pascha hatte sicherheitshalber Osmans Schimmel mitgenommen und führte ihn hinter sich am Zügel. Ein starker Wind schien die Pferde voranzutreiben. Sie flogen so schnell über den feuchten Sand, dass ihre Hufe kaum den Boden berührten. Als sich am Abend im zartvioletten Himmel vor ihnen die Türme Stambuls aus dem Dunst erhoben, gab es keinen Zweifel mehr. Nein, mit rechten Dingen konnte das nicht zugegangen sein. Wer ihre Reisen so beschleunigte, das konnten Fanni und Anton nur ahnen. Jussuf Pascha nahm es als ein Zeichen des Himmels. Er hatte es aufgegeben, sich zu wundern. Er beschloss bei sich: Sein junger Schützling war von Gott auserwählt, der nächste Herrscher des Osmanischen Reiches zu werden.

Zurück in Stambul

Als sie die Stadt erreicht hatten, warteten sie im Schutz eines Wäldchens, bis der Mond weit oben am Himmel stand. Dann ritten sie im Schatten der Bäume auf die gewaltige Festungsmauer zu, die sich vor ihnen erhob und die Stadt fast lückenlos umschloss. Oben auf der Mauer patrouillierten Soldaten mit geschulterten Waffen. Der Großwesir hatte die Schutzmaßnahmen offenbar erhöht. Prinz Achmed war sichtlich aufgeregt. Bald würde sich sein Schicksal entscheiden! Anton fragte sich, wie sie ungesehen in die Stadt kommen sollten. Aber Jussuf war nicht umsonst ein alter Fuchs und der Freund des obersten Truppenführers.

»Dieses Tor hier ist selten bewacht«, sagte er leise und deutete auf einen Bogen, der sich im Dunkel der Mauern abzeichnete. Er lenkte ihre Pferde zu einem Olivenhain und stieg ab. Anton und Fanni halfen ihm, Lumpen um die Hufe der Tiere zu wickeln, und sie ritten zu dem Torbogen, der tief im Schatten lag. Das Tor war verschlossen, aber Jussuf wusste, wo der versteckte Riegel war. Fast geräuschlos zog ihr kleiner Tross durch unbewachte Seitengassen an Gemüsegärten vorbei, die von bröckelnden Ziegelmauern gesäumt waren. Der Pascha kannte sich in Stambul offenbar aus wie in seiner Westentasche, aus der er jetzt einen der Pinienkerne nahm, die er gern kaute. Hier und da tauchten Fensterchen in der Dunkelheit auf, aus denen orangefarben ein Feuerschein oder das milde Licht einer Öllampe glimmte. In ihrer Zeit, dachte Anton, wäre das Licht bläulich, weil es von Fernsehern käme. Aber die gab es jetzt noch nicht. Als sie in der Ferne den Palast sahen, schlug Jussuf Pascha eine schmale gepflasterte Straße ein, die zum Hafen hinabführte.

»Hier sind hauptsächlich die Lager der Gewürz- und Teppichhändler«, sagte er. »Da finden wir bestimmt ein Versteck für die Nacht. Ich mache mich dann gleich auf, meinen Freund zu suchen.«

Sie stiegen von den Pferden und gingen die Straße hinab. Lautlos flohen drei graue Katzen vor ihnen und verschwanden geschmeidig unter Türritzen. Jussuf Pascha rüttelte an den Riegeln und Schlössern verschiedener hoher Holztore. Obwohl er versuchte, so leise wie möglich zu sein, hallte das Knarren und Quietschen in der Stille laut nach. An einem Lagerhaus entdeckte Anton schließlich auf Brusthöhe eine unverschlossene Luke, die sich leicht öffnen ließ.

»Ich geh schon mal vor!«, flüsterte er und kletterte hinein. Als er hinabsprang, schlug ihm ein scharfer, würziger Geruch entgegen, der ihm bekannt vorkam. Es roch wie damals auf dem Gewürzbasar! Er tastete sich zum hohen Holztor vor, zog die Riegel beiseite und schob die gewaltigen Türen auf. Laut knarrend gaben sie nach, als Jussuf Pascha, Fanni und Prinz Achmed die Pferde hineinführten. Im Mondlicht, das durch das Tor in den hohen Raum fiel, sahen sie ein Meer von grauen Säcken, die das Lager füllten.

Sie banden die Pferde an die Pfeiler, die die Decke stützten, und sahen sich um.

»Hier sind wir gut aufgehoben«, sagte Jussuf Pascha und zupfte zufrieden an seinem Bart.

»Ein Teppichlager wäre mir lieber gewesen«, meinte Fanni und verzog die Nase. Sie klopfte auf einen Sack und schnüffelte. »Na toll, Koriander.«

Jussuf Pascha wies Fanni und Anton an: »Schließt das Tor hinter mir, aber lasst die Luke offen. Ich hole Euch, wenn alles geklärt ist. Ibrahim wird uns ein gebührendes Versteck finden.«

Anton schaute ihm nach, bis der Pascha im Dunkel verschwunden war, dann schob er leise die schweren Riegel des Tors zu. Fanni und Prinz Achmed hatten es sich schon auf zwei Säcken bequem gemacht und winkten Anton zu sich. Es roch stark nach Koriander, wie Fanni schon bemerkt hatte, aber auch Thymian und Nelken mussten ganz in der Nähe sein. Links von Anton stand ein Sack mit Basilikum.

Erschöpft schloss er die Augen und glitt auch gleich in den Schlaf. Seine Träume waren ungewöhnlich heftig und wirr. Einmal sah er das glitzernde Meer vor sich, auf das eine riesige Möwe herabschoss, die nach einem schwimmenden Turban pickte. Dann lag er auf einer würzig duftenden Wiese, auf der überall gekocht wurde. Plötzlich kam Osman auf einem Schwert durch die Luft gesaust. Er stieß einen Haufen Wassermelonen um und hieb sie mit der scharfen Klinge entzwei. Blutrote Melonenstücke flogen ihnen entgegen. »Achtung!«, rief Anton laut im Schlaf. Er konnte Papa, der alles fotografierte, gerade noch rechtzeitig zur Seite schubsen, und dann träumte er plötzlich nicht mehr.

Sein Herz hämmerte in seiner Brust, denn etwas hatte ihn geweckt. Ein Mondstrahl fiel in die Gewürzhalle. Jemand hatte die Luke aufgeschoben. Anton sah, wie eine Gestalt langsam herunterkletterte.

War ihr Versteck aufgeflogen? Anton setzte sich ruckartig auf und erkannte zu seiner Erleichterung Jussuf Pascha.

»Sollen wir kommen?«, fragte er leise, als der Pascha sich auf einen Sack neben ihm gesetzt hatte.

»Nein. Meine Neuigkeiten sind leider schlecht«, sagte Jussuf gedämpft. »Sie wissen von unserem Überfall. Und fast wäre ich ihnen in die Arme gelaufen.«

»Wie konnte das passieren?«

»Ich hatte noch Glück, dass ich mich rechtzeitig neben dem Haupttor versteckt habe, als ich den Boten des Großwesirs sah. Er redete auf die Wachen ein, und in der Stille der Nacht tragen die Stimmen weit. Die Janitscharen haben mich erkannt, als ich auf Osmans Pferd sprang! Dummerweise hatte sich das Tuch, das ich mir übers Gesicht gebunden hatte, gelöst. Und die hier«, er deutete auf seine Narbe im Gesicht, wie Anton in der Dunkelheit mehr ahnen als erkennen konnte, »diese Narbe hier hat mich verraten.«

»Aber wie haben die Janitscharen das dem Großwesir melden können?«, fragte Anton erstaunt. »Wir waren doch viel schneller als sie! Ihr wisst doch, Allah hat unseren Weg irgendwie abgekürzt!«

»Sie sind zwar dumm, aber einer von ihnen hatte eine Brieftaube dabei. Die haben sie mit der Botschaft an den Palast geschickt. Und jetzt wird in der ganzen Stadt nach mir gesucht. Wir müssen erst einmal hierbleiben, das ist ein gutes Versteck. Und morgen ist ein neuer Tag, da werden wir weitersehen. Komm«, sagte er und tätschelte Antons Schulter, »leg dich jetzt wieder hin. Wir müssen ausgeruht sein für alles, was uns erwartet. Die Händler werden nicht vor Morgengrauen hier auftauchen. Hab eine gute Nacht!«

»Gute Nacht«, flüsterte Anton. Insgeheim war er erleichtert, dass sie nicht gleich wieder irgendwohin mussten. Er legte sich wieder auf seinen Koriandersack und schlief sofort ein.

Als er das nächste Mal aufwachte, brauchte er einen Moment, bis er merkte, was ihn geweckt hatte. Es war das Geräusch der Lukentür. Ein leichter Wind wehte vom Meer und ließ sie quietschend hin und her schlagen. Eine Fledermaus flatterte ziellos zwischen den Deckenbalken. Das Mondlicht, das durch die Luke fiel, leuchtete auf die Säcke, auf denen Fanni und Prinz Achmed schliefen. Irgendwo im Dunkeln schnarchte Jussuf Pascha.

Anton schlich zur Luke, um sie zu schließen. Dazu musste er einen Sack zur Wand schleifen und hinaufklettern. Als er oben war, lehnte er sich nach draußen und griff nach der Lukentür, um sie zu sich zu ziehen.

Im gleichen Moment traf ihn etwas Hartes am Kopf. Jemand hatte sehr fest zugeschlagen. Alles drehte sich und verschwamm, und Antons Gedanken wirbelten durcheinander. Hatte Osman sie gefunden? Oder die Janitscharen? Sollte er die anderen warnen, oder machte er dadurch erst auf sie aufmerksam? Das war das Letzte, was ihm durch den Kopf schoss, aber bevor er nur den Mund hätte öffnen können, wurde ihm schwarz vor Augen.

Im Haus des Hoflieferanten

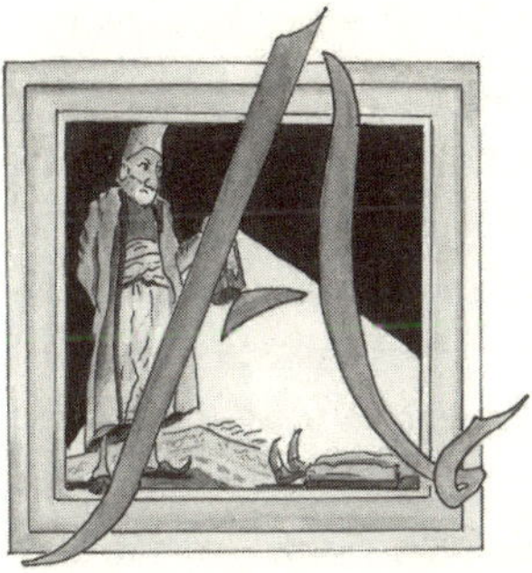

Als er wieder zu sich kam, lag er mit dem Bauch auf einem Steinboden. Er war an Armen und Beinen gefesselt und konnte sich kaum bewegen. Er hörte, wie jemand stöhnte, und stellte überrascht fest, dass er es selber war. Sein Kopf schmerzte und wummerte. Wenn er ihn hob, sah er Türen, die in verschiedene Räume abgingen. Es schien ein Hausflur zu sein, in dem er lag.

Ein paar Füße in goldenen Pantoffeln traten auf ihn zu, und jemand beugte sich zu ihm herab.

»Osman«, seufzte Anton.

»Die Wachen sind schon gerufen«, sagte der Mann, der mit einer Öllampe in der Hand über ihm stand. Sie warf unheimliche Schatten über sein mageres, scharf geschnittenes Gesicht und ein Lichtchen auf seine spiegelnde Glatze.

»Die Wachen?«, murmelte Anton benommen. »Wer sind Sie denn?«

Der Mann zog seinen Morgenrock um den kleinen Bauch.

»Ich stelle hier die Fragen«, sagte er streng. »Du weißt, was man mit Dieben macht. Man hackt ihnen die Hände ab.«

»Dieb? Ich – ich bin kein Dieb!«, rief Anton schwach. Langsam dämmerte es ihm. Der Mann musste der Besitzer des Lagerhauses sein, und er hielt Anton für einen Einbrecher. »Nein, wirklich!« Anton hob das Kinn und versuchte, dem Mann in die Augen zu schauen. »Ich habe nichts gestohlen!«
Der Gewürzhändler verzog amüsiert den Mund. »Binde mir keinen Bären auf, Junge! Was wolltest du denn sonst in meinem Lager?«
»Ich … ich habe mich versteckt.«
»Soso – versteckt. Und vor wem?«
Antons Kopf dröhnte noch immer. Er versuchte, seine Gedanken zu sammeln, aber die flohen in alle Richtungen. Was sollte er nur erzählen? Was ihm endlich herausrutschte, war fast die Wahrheit.
»Vor … vor den Janitscharen.«
»Vor den Janitscharen? Aha, soso.« Der Mann gab ihm einen kleinen Stoß mit dem Fuß. »Und warum sollten die Janitscharen nach einem kleinen Pfefferdieb suchen?«
Anton biss sich auf die Zunge. Hätte er bloß die Klappe gehalten! Er konnte ja schlecht mit der ganzen Geschichte herausrücken. Aber so schnell fiel ihm keine gute Ausrede ein.
»Nun also, ich warte!«
Der Mann stieß Anton mit dem Fuß, sodass er auf den Rücken rollte. Dann hielt er ihm die Öllampe direkt vors Gesicht und musterte ihn mit zusammengekniffenen Augen.
»Vornehm gekleidet für einen Dieb«, sagte er, als er die goldbestickte Weste und die im Lichtschein glänzenden Pluderhosen sah. »Wenn auch schlecht gepflegt.«
Er nahm den Stoff und rieb ihn prüfend zwischen Daumen und Zeigefinger. Jussuf Pascha hatte an der Kleidung seiner Gäste nicht ge-

spart, das schien dem Mann nicht zu entgehen. Er schob seine Unterlippe vor und nickte nachdenklich.

»Und was hast du da in den Taschen?«

Er zog das Briefchen mit den Streichhölzern heraus und drehte es ratlos in der Hand.

»Damit kann ich Euch Feuer machen, wenn Ihr mich losbindet«, sagte Anton. »Das gibt es da, wo ich herkomme.« War ihm da wieder zu viel herausgerutscht?

»Soso, Feuer machen will der junge Herr ...« Der Mann ließ ihn nicht aus den Augen. »Ein ungewöhnlicher Gewürzdieb, das steht fest. Ist er etwa ein Giaur? Darauf deuten die Schriftzeichen hier.« Er zeigte auf die Streichhölzer, auf denen *Ottoman Hotel* stand. Dann hielt er Anton die Lampe wieder dicht vors Gesicht.

»Ist er vielleicht aus der Palastschule ausgerissen?«

Bevor Anton antworten konnte, klopfte es polternd an der Tür. Der Lagerhausbesitzer richtete sich wieder auf, griff Anton am Arm und zog ihn auf die Beine. Für einen so kleinen Mann hatte er erstaunlich viel Kraft.

»Bitte nicht!«, flehte Anton leise.

Der Mann antwortete nicht, doch anstatt Anton zur Haustür zu zerren, schob er ihn in einen dunklen Nebenraum und schloss die Tür.

Anton hörte, wie eine große Portaltür in den Angeln quietschte und Männerstimmen Grüße austauschten. Sein Raum war dunkel, aber durch die Ritze drang ein schmaler Streifen Licht. So leise wie möglich hüpfte Anton nach vorn und presste das Ohr gegen das Holz. Er erkannte die dunkle Stimme des Gewürzhändlers, der jetzt jemanden schimpfte, der offenbar sein Diener war.

»Du hattest die Fesseln nicht fest genug angezogen, Tölpel! Ich war nur kurz aus dem Haus, und als ich zurückkam, war er schon weg. Wir beliefern den Palast, da darf so ein Schlendrian nicht passieren!«
Hatte Anton richtig verstanden? Das klang, als arbeite der Gewürzhändler für den Großwesir. Dann war er in die Höhle des Löwen geraten! Andererseits: Hätte der Gewürzhändler ihn nicht gerade durch ein einziges Wort an die Janitscharen ausliefern können? Was führte er wohl im Schilde?
»Es wird nie wieder vorkommen, ehrwürdiger Herr«, sagte eine hohe, klagende Stimme. »Ich dachte, ich hätte den Dieb nicht nur gut am Kopf erwischt, sondern auch ordentlich gefesselt.«
»Und wo ist er hin?«, hörte Anton eine raue Stimme.
»Wenn ich das wüsste, hätte ich nicht die Wachen rufen lassen.« Das war wieder der Gewürzhändler. »Das Fenster stand offen, aber wohin die Ratte geflohen ist, weiß ich nicht. Weit gekommen kann sie nicht sein. Zum Glück fehlt nichts im Lager, ich habe schon nachgeschaut. Die Herrschaften werden auch künftig keinen Mangel an Salbei und Safran leiden, noch an Pfeffer, Kümmel und Zimt.« Das kurze Lachen, das folgte, klang etwas bitter.
»Wir werden nachts verstärkt die Straßen bewachen«, sagte ein anderer, und der Mann mit der rauen Stimme schloss: »Dann wollen wir nicht länger Eure Nachtruhe stören, ehrwürdiger Hoflieferant, und wünschen noch einen guten Schlaf. Allah beschütze unseren großherrlichen Sultan und den Großwesir.«
»Allah beschütze unseren großherrlichen Sultan und den Großwesir«, erwiderte der Gewürzhändler und verabschiedete den Diener, der ihm mit klagender Stimme Gute Nacht wünschte.
Die Portaltür fiel knarrend ins Schloss, und Schritte schlurften auf

den Raum zu, in dem Anton eingesperrt war. Anton wollte gerade von der Tür weghüpfen, als er hörte, wie der Gewürzhändler murmelte:
»Allah beschütze sie? Lieber lasse er sie zur Hölle fahren.«
Was hatte der Mann da gesagt? Meinte er etwa den Sultan und den Großwesir? Da öffnete sich auch schon die Tür, und der Gewürzhändler holte Anton aus seinem Versteck. Er stellte die Öllampe auf einen großen Tisch und löste Anton die Fesseln.
»Dann wollen wir ihm mal auf den Zahn fühlen«, sagte er. »Irgendetwas stimmt doch nicht mit ihm.«
Wieder studierte er aufmerksam Antons Gesicht.
»Er ist in feine Stoffe gekleidet, auch wenn er so riecht, als hätte er seit einiger Zeit kein Badehaus mehr besucht. Und er behauptet, er könne hiermit Feuer machen.« Er spielte wieder mit den Streichhölzern.
»Nun sag schon, was es mit dir auf sich hat.« Er sah ihm direkt ins Gesicht. Anton schien, um seine scharfen Lippen spielte der Hauch eines Lächelns.
Anton hatte noch immer keinen Plan entworfen und sich keine Ausrede ausgedacht. Dafür war ihm eine andere Idee gekommen. Es hieß alles auf eine Karte setzen und alles riskieren. Aber eine innere Stimme sagte ihm, dass er es wagen musste. Vielleicht war es die einzige Möglichkeit. Er gab sich einen Ruck und sagte mit einem Lächeln:
»Ihr seid kein Freund unseres Großwesirs, stimmt's?«
Der Blick des Mannes verengte sich, und die Andeutung eines Lächelns verschwand.
»Wie kannst du es wagen!«, fuhr er Anton an. Doch Anton ließ sich nicht einschüchtern. Jetzt war es ohnehin zu spät.
»Es ist nur – ich habe gehört, wie Ihr ihn zur Hölle gewünscht habt.«

Der Hoflieferant war blass geworden. »Was willst du gehört haben? Ich sage doch, deine Ohren müssen gewaschen werden!«

Aber Anton merkte, dass er ins Schwarze getroffen hatte.

»Ich dachte«, fuhr er vorsichtig fort, »vielleicht seid Ihr deswegen auch ein Freund von Prinz Achmed.«

Der Mann hob die Brauen. »Auch?«

Anton klopfte das Herz bis zum Hals, aber er nickte. Jetzt musste alles heraus. Der Mann schob wieder die Unterlippe vor und legte den Kopf auf die Seite.

»Also, was meinst du damit?«

Anton war aufgestanden und sah dem Gewürzhändler in die Augen. »Natürlich wisst Ihr, dass Prinz Achmed zum Nachfolger des verstorbenen Sultans bestimmt war.«

»So sagt man. Fahre fort.«

Anton suchte das Gesicht des Mannes nach irgendeinem kleinen Zeichen ab.

»Dann wisst Ihr auch, dass der Großwesir die Janitscharen auf seine Seite gebracht hat und stattdessen den Bruder des Sultans auf den Thron setzte. Weil der verrückt ist, kann der Großwesir selber regieren. Daraufhin ist der Prinz geflohen, und der Großwesir streut das Gerücht, dass er tot sei.«

»Woher weißt du das? Redet man so in der Palastschule?«

»Nein. Ich weiß es von jemandem, der dem Prinzen sehr nahesteht.«

Der Mann sah ihn fragend an. »Ah ja?«

Anton holte tief Luft.

»Ich wünsche mir, dass der rechtmäßige Erbe auf den Thron kommt.«

So, jetzt war es heraus. Anton stieß erleichtert die Luft aus.

Der Mann hob die Brauen. »So, das wünschst du also? Du bist todesmutig, so etwas auszusprechen«, sagte er. »Was ist, wenn ich nun ein getreuer Untertan unseres ehrwürdigen Sultans bin? Die Wachen wären schnell wieder gerufen!«

»Ihr seid es aber nicht«, antwortete Anton und staunte über seinen eigenen Mut.

Der Mann kam näher, griff Antons Kinn zwischen zwei Finger und hob es hoch. Prüfend schaute er den Jungen an.

»Du bist kein Schüler aus der Palastschule«, sagte er. »Aber bist du nur ein gewandter Lügner?« Anton sah, dass er immer noch das Streichholzbriefchen in der Hand hielt und damit spielte.

»Wartet«, sagte er. »Gebt mir das hier, dann zeige ich Euch, dass ich nicht lüge.« Anton zupfte ein Streichholz heraus und riss es dicht vorm Gesicht des Mannes an. Als sich das rote Köpfchen entzündete und die Flamme seine Bartspitze versengte, stieß der Gewürzhändler einen kleinen Schrei des Erschreckens aus.

»Ein Wunder! Wie kommst du zu diesen Miniaturfackeln?«, rief er mit gedämpfter Stimme. »Verrate mir das Geheimnis!«

»Ich verrate Euch ein anderes«, sagte Anton, der merkte, dass er fast gewonnen hatte. »Ihr wollt doch auch, dass Gerechtigkeit herrscht und dass Prinz Achmed auf dem Thron sitzt?«

Der Mann seufzte tief. »Ist es nicht müßig, darüber nachzudenken? Der Prinz ist wahrscheinlich schon tot. Man sagt, es laste ein böser Fluch auf ihm.«

»Hier ist das Geheimnis, ehrwürdiger Hoflieferant.« Anton merkte, wie ein Strahlen über sein Gesicht ging. »Der Prinz lebt! Er lebt, und er braucht dringend Hilfe. Eure Hilfe!«, fügte er hinzu und schaute dem Gewürzhändler fest in die Augen. »Und noch ein zweites Geheimnis: Er ist ganz in unserer Nähe!«

Der Gewürzhändler rang sichtlich um Worte. Konnte das wahr sein? »Warte!«, sagte er mit vor Freude bebender Stimme und klopfte Anton auf die Schulter. »Wehe, er hält mich zum Narren. Dann bekommt er aber meinen Stock zu spüren!«

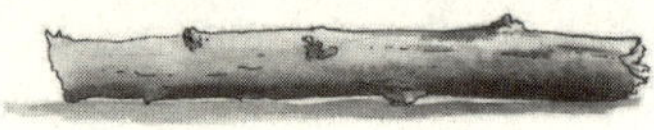

Gewürzsäcke, etwas schwerer als sonst

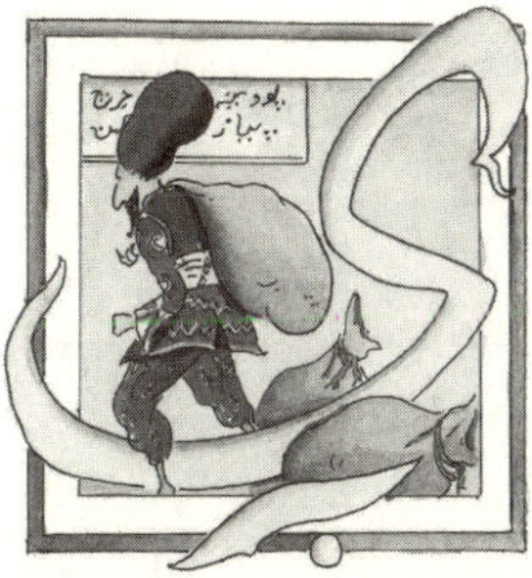

Sofort, als sie aufgewacht war, merkte Fanni, dass etwas nicht stimmte. Ihr Bruder war nicht mehr da! Fanni weckte Jussuf Pascha und den Prinzen. Es war noch früh am Morgen; das graue Licht der Dämmerung fiel schwach durch die Ritzen der Latten, aus denen das Lagerhaus gezimmert war.

Jussuf Pascha war gleich aufgesprungen. »Das fehlte jetzt noch!«, rief er. Er ging zur Luke, um sie zu öffnen, aber sie war von außen versperrt. Fanni rannte zum Tor und zog die Riegel zurück. Doch auch das Tor ließ sich nicht öffnen. Sie ruckelte daran, aber es bewegte sich nicht.

»Sind wir in eine Falle geraten?«, flüsterte sie ängstlich. Jetzt waren draußen Stimmen und Schritte zu hören, und jemand machte sich am Tor zu schaffen. Prinz Achmed zückte sein Messer, doch Jussuf Pascha packte ihn am Arm und zog ihn und Fanni hinter einen Stapel prall gefüllter Säcke. Im gleichen Moment wurde das Tor aufgestoßen. Ein glatzköpfiger Mann mit Bart und einem Dolch in der Hand betrat das Gewürzlager. Hinter ihm folgte Anton mit einer Öllampe.

»Schließen Sie das Tor«, sagte Anton. Der Mann verriegelte die Türen von innen, Anton hielt die Lampe hoch und rief:
»Es ist alles in Ordnung. Ihr könnt rauskommen. Er ist ein Freund.«
Fanni trat als Erste zwischen den Säcken hervor. »Wo warst du denn?«, fragte sie, und als sie die Beule auf Antons Stirn sah: »Was ist passiert?«
»Das hier ist Herr Hamid, der königliche Gewürzlieferant«, antwortete Anton. »Er wird uns helfen, in den Palast zu kommen.«
Nun tauchte auch Jussuf Pascha hinter den Säcken hervor.
»*Wer* seid Ihr?«, fragte er ungläubig. »Anton, wie konntest du nur –«
Der Händler unterbrach ihn. »Dieser Junge hier behauptet, Prinz Achmed sei am Leben. Wenn er die Wahrheit spricht, bin ich hier, um meinem rechtmäßigen Herrn zu dienen so wie einst seinem Vater – möge er im Paradies von goldenen Tellern speisen. Wenn nicht, dann –«
Er kam nicht weiter, denn Prinz Achmed war aus seinem Versteck getreten. In das Gesicht des Gewürzhändlers trat ein erstauntes, fast ängstliches Leuchten. Es war, als hätte er einen Geist gesehen. Er plumpste zwischen den Gewürzsäcken auf die Knie und rief mit zitternder Stimme:
»Seid Ihr es wirklich? Ihr lebt? Allah sei Lob und Dank.«
Der Prinz berührte seinen kahlen Kopf. »Bitte, steht auf!«
Der Händler wischte sich ein paar Tränen aus den Augen und stand langsam auf. Anton verkniff sich ein Lächeln.
»Meine Hoheit«, sagte Herr Hamid mit flatternder Stimme. »Ihr lebt. Euer junger Gesandter hat die Wahrheit gesagt.« Er tätschelte Antons Beule am Kopf.
»Dann wird es auch die Wahrheit sein, dass Ihr meiner Hilfe bedürft,

der Hilfe eines unwürdigen Knechts. Was immer ich für Eure Hoheit tun kann, es ist schon so gut wie getan.«

Der Prinz lächelte höflich und schaute Anton fragend an. Wie sollte ihm ein kleiner Gewürzhändler helfen?

Doch Anton hatte sich schon alles genau überlegt.

»Es ist zu gefährlich für Jussuf Pascha, den Palast zu betreten«, sagte er. Fanni und Prinz Achmed, die noch keine Gelegenheit hatten, mit ihm zu sprechen, schauten den Pascha fragend an. Der zupfte seinen grauen Bart und nickte.

»Leider werde inzwischen auch ich gesucht. Das hier hat mich verraten.« Er berührte wieder seine lange Narbe im Gesicht.

»Also«, sagte Anton, »und deshalb müssen wir einen Weg in den Palast finden, auf dem uns niemand entdecken kann.«

»Und welcher Weg wäre das?«, fragte Fanni.

»Ihr sitzt darauf«, sagte Anton und zeigte auf die Gewürzsäcke.

»Wie? Was haben die mit dem Weg in den Palast zu tun?«, fragte Fanni ärgerlich.

»Unser neuer Freund muss heute Vormittag eine große Gewürzlieferung in die Palastküche bringen«, sagte Anton. »Und wir werden die Gewürze sein!«

»Nicht schlecht!«, sagte Jussuf Pascha, der sofort begriff, was Anton vorhatte. »Doch wie sollen wir unbemerkt wieder aus den Säcken steigen? Die Küche ist ein einziger Bienenstock.«

»Aber ein Bienenstock treuester Untertanen«, rief der Gewürzhändler, der in respektvollem Abstand zum Prinzen auf einem Sack hockte. Er kniff sich schon zum zweiten Mal unauffällig in den Arm – so ganz konnte er es noch nicht glauben, dass neben ihm auf einem Sack seines feinsten Thymians der künftige Sultan thronte.

»Niemand weiß besser über alles im Palast Bescheid als die Hofküche«, sagte er und beugte sich dichter zum Prinzen. »Was wird dort nicht alles getratscht! Und niemand ist Euch treuer ergeben! Alle wissen, dass der Bruder Eures seligen Vaters Wachs in den Händen des Großwesirs ist. Und dieser Großwesir hat inzwischen nur noch wenige Freunde im Palast. Man munkelt sogar, dass er einem bösartigen Dschinn verfallen sei.«
Herr Hamid war voller Eifer. Einem besseren Verbündeten hätte er nicht in die Hände fallen können, dachte Anton, auch wenn seine Beule noch immer empfindlich schmerzte.
Auf der Gasse rumpelten inzwischen Esel- und Ochsenkarren vorbei, Anton hörte Männerstimmen und Schritte. Herr Hamid schlug sich mit der Hand gegen die Stirn: Es war ja schon spät, seine Lagerarbeiter waren bereits unterwegs! Er musste sofort nach Hause, um sie abzufangen und heimzuschicken.
Als sie wieder unter sich waren, erklärte Anton den anderen seinen Plan. Nur Jussuf Pascha war noch zurückhaltend. »Ihr wisst, wenn wir uns in diese Säcke einnähen lassen, sind wir dem Gewürzhändler ausgeliefert. Er könnte uns direkt zum Großwesir bringen und eine hübsche Belohnung dafür kassieren.«
»Er wird es aber nicht tun!«, sagte Anton und erzählte, was in der Nacht geschehen war.
Als Herr Hamid wieder zurückkehrte, hatte er frisches Gewürzbrot und Tee sowie eine Tasche mit Nadeln und Zwirn dabei.
»Wir müssen bald los«, sagte er. »Am Hof erwartet man meine Lieferung.«
Nachdem sich alle gestärkt hatten, brachte Hamid einen Stoß leerer Säcke aus der hintersten Ecke seines Lagers. Wie der Hofschneider

bei der Anprobe hielt er jedem verschiedene Säcke vor, bis aus der Kollektion für jeden die passende Größe gefunden war. Am schwierigsten war es mit einem passenden Sack für Jussuf Pascha, der die anderen um zwei Köpfe überragte. Dann legte Hamid die Säcke auf einem Wagen ab, der in der Nähe des Tores stand. Der nächste Schritt war das Umfüllen. Die Schweißperlen glänzten auf seinem kahlen Schädel, als er volle Säcke aus den Tiefen seines Lagers schleppte. Er öffnete einen nach dem anderen und füllte die auf dem Wagen liegenden Säcke jeweils zur Hälfte auf. Anton staunte, wie flink und geschickt er dabei war.

»Bitte sehr, mein Herr. Für Euch die Königin der Gewürze.« Der Gewürzhändler lächelte Jussuf Pascha zu und deutete auf den größten Sack. Er war mit getrocknetem Basilikum gefüllt. Jussuf Pascha setzte sich hinein, und Hamid füllte den Sack bis oben hin auf, sodass nur noch ein Haarschopf aus den Basilikumblättern lugte. Dann nähte Hamid den Sack mit schnellen, geübten Stichen zu.

»Kriegt Ihr genügend Luft?«, fragte er den Eingenähten.

»Nicht übermäßig«, klang es gedämpft von innen.

»Helft mir mit den anderen Säcken«, sagte Hamid zu Fanni und Anton. »Dann geht es schneller. Wir müssen vor dem Frühstück im Palast sein.«

Anton bekam einen Sack mit Rosmarin. Der Sack des Prinzen war, wie er nicht ohne Neid bemerkte, mit feinster Bergminze gefüllt. Doch die arme Fanni hatte Muskatnüsse bekommen und stöhnte, weil die kleinen schwarzen Nüsse so hart waren.
»Verzeiht, meine Herrschaften, aber das war die Bestellung für heute«, entschuldigte sich der Gewürzhändler.
Fanni hatte Antons Sack zugenäht, und nun lag er zwischen piksenden, duftenden Rosmarinzweigen und sah nur noch grünliche Schatten um sich. Überall ziepte und kitzelte es. Anton hielt die Luft an und versuchte, nicht an seinen juckenden Rücken zu denken. Wie sollte er da nur still liegen, wenn sie durch die Stadt fuhren? Es war stickig und heiß, und es wurde noch stickiger, als Hamid ein paar leichte Säcke quer über sie legte.
»So seid Ihr noch besser versteckt«, flüsterte er. Jetzt hörte Anton, wie Hamid seinen Diener rief.
»Hol mir die Ochsen. Aber bitte schnell, sonst komme ich zu spät.«
Es wurde heller im Sack, das Tor musste geöffnet worden sein, dann hörte Anton das Schnaufen und Stampfen der Ochsen. Der Wagen ruckelte, während sie angespannt wurden, und setzte sich holpernd in Bewegung.
Rosmarinzweige kitzelten Anton an der Nase. Er konnte sie nicht zur Seite schieben, weil er nicht wagte, sich zu bewegen. Der Wagen polterte und ruckelte das Pflaster entlang, und die Säcke rutschten hin und her. Was wäre, wenn Jussuf Pascha doch recht hatte? Wenn der Gewürzhändler plötzlich seine Meinung änderte und sie dem Großwesir vor die Füße warf? Nicht auszudenken! Durch das grünbraune Dämmerlicht im Sack konnte Anton ab und zu die Schemen von Menschen erkennen, wenn sie dicht am Wagen vorbeiliefen. Dann

machte er sich noch etwas steifer. Der ungefederte Wagen hüpfte gerade wieder über einen Stein. Bestimmt war er mit blauen Flecken übersät, wenn er ausstieg.
Es kam ihm wie eine Ewigkeit vor, bis der Wagen endlich anhielt. Anton hörte, wie der Gewürzhändler jemanden grüßte. Dann gingen schwere Schritte um den Wagen herum. Durch das Sackleinen konnte er einen Schatten erkennen, der sich über den Wagen beugte. Er hielt den Atem an. Sie mussten beim Palasttor angekommen sein. Etwas Hartes knallte auf Antons Sack. Es verfehlte seinen Fuß nur um wenige Zentimeter und sah aus wie der Kolben eines Gewehrs.
»Na, fahrt schon, Väterchen. Aber bringt uns was Gutes aus der Küche mit, wenn Ihr zurückkommt!«, rief der Wächter.
Der Wagen fuhr langsam an. Als er bald darauf wieder hielt, flüsterte der Gewürzhändler: »Sind die Exzellenzen wohlauf?«
»Jawohl«, flüsterte es aus den Säcken zurück.
»Bestens. Wir haben die Wachen überlistet. Haltet noch eine kleine Sekunde still. Ich hole Hilfe, gleich werdet Ihr befreit.«
Eine Minute lang war es still. Anton stand der Schweiß auf der Stirn, und Schweiß perlte seinen Rücken herunter. Die Morgensonne stand auf ihrem Wagen und heizte die Säcke auf. Das Jucken wurde unerträglich. Anton überlegte, ob er es riskieren durfte, sich zu kratzen, als er Stimmen und Schritte hörte.
Jemand hob seinen Sack hoch und warf ihn grob über die Schulter. Anton konnte gerade noch ein Stöhnen unterdrücken und versuchte, sich ganz locker zu machen.
»Habt Ihr Marmorbrocken in den Säcken?«, rief der Diener, der Anton schleppte.
»Vorsicht«, rief der Gewürzhändler. »Ich sagte doch, wir nehmen die

Handkarre! Diese Gewürze sind empfindlich. Sie verlieren ihren Geschmack, wenn man sie zu viel hin und her bewegt. Also bitte laaangsaaam ablegen.«

Der Diener murrte, und Antons Sack wurde unsanft zur Erde gelassen. Er war an einem dunklen, kühlen Ort. Etwas prallte gegen ihn, und er hörte ein leises »Autsch«. Es klang wie Fannis Stimme. Kurz darauf folgten die anderen Säcke, eine Tür wurde zugeschlagen, und dann war es eine ganze Weile still. Die Weile zog sich immer länger hin, und Anton fragte sich, ob er den anderen etwas zuflüstern sollte, als die Tür wieder aufgestoßen wurde. Schritte kamen auf ihn zu, dann hörte er das scharfe Ratschen eines Messers und sah die Klinge, die die Jute knapp neben seinem Kopf aufschnitt. Zwei kräftige Hände rissen den Rest der Naht auseinander, und das Gesicht des Gewürzhändlers schaute auf ihn herab.

»Ah, Ihr seid das«, sagte er grinsend. »Kommt und helft mir.«

Mit einem Messer half er Hamid, die anderen Säcke aufzuschlitzen. Nacheinander kletterten die drei anderen Sackbewohner heraus und rieben sich die steifen Arme und Beine.

»Du siehst aus wie ein Igel«, flüsterte Fanni zu Anton. Deswegen also hatte Hamid ihn so angegrinst! Allerdings sahen die anderen nicht viel eleganter aus. Prinz Achmed trug ein grünes Mützchen aus Bergminze, Fanni hatte dunkle Muskatnussabdrücke im Gesicht und sah aus wie ein Leopard. Jussuf Pascha sprossen Basilikumblätter aus den Ohren.

»Wartet hier«, sagte Herr Hamid leise und verschwand wieder durch die Tür. Erst jetzt schaute Anton sich um und sah, wo ihre Säcke abgestellt worden waren. Sie waren in einer riesigen Speisekammer. Auf Regalen stapelten sich Kisten mit Äpfeln, Auberginen, Tomaten und

Zitronen. Hohe Tonkrüge waren mit feuchten Tüchern bedeckt. An den Wänden baumelten Zöpfe von Knoblauch und Zwiebeln. Man konnte sich gut vorstellen, dass hier jeden Tag viele Hunderte Menschen bekocht wurden. Anton lief das Wasser im Mund zusammen, obwohl er ziemlich aufgeregt war.
Da kam auch schon der Gewürzhändler zurück.
»Man erwartet Euch«, sagte er feierlich und öffnete beide Flügel der Tür. Ein herzhafter Duft von Gebratenem und Gebackenem schlug ihnen entgegen. »Folgt mir bitte und kommt herein.«

Köstliches aus der Palastküche

Sie betraten einen hohen Raum mit zahllosen Feuerstellen, über denen es in Kupferkesseln brutzelte und kochte. Alle Türen waren verschlossen, und die Fenster waren mit Decken und Tüchern verhängt. Aus den Augenwinkeln sah Anton Rinderhälften, die an Haken von der Decke hingen, und Holztische, auf denen gefüllte Bottiche standen. Aber seine Aufmerksamkeit war abgelenkt. So viele Leute hatten ihn noch nie angestarrt! Am anderen Ende des Raums warteten in einer langen Reihe Bäcker, Köche und Küchenhilfen. Es waren an die zweihundert Leute, die sie schweigend musterten. Herr Hamid trat einen halben Schritt vor. Sein großer Moment war gekommen. Eben noch einfacher Gewürzlieferant, und jetzt das! Ein paar Schweißtröpfchen glänzten auf seiner Glatze, aber seine Stimme zitterte nur wenig, als er rief: »Ich bringe Euch – Euren Sultan!«

Ein Raunen ging durch den Raum, und alle Blicke richteten sich auf Prinz Achmed. Dann trat wieder ehrfürchtige Stille ein, in der man nur das brennende Holz knacken hörte. Auf einmal kam Bewegung in die lange Reihe. Wie in einer Kette von Dominosteinen fielen die

Köche, die Bäcker und die Küchenhilfen einer nach dem anderen auf die Knie. Erst jetzt wurde der Blick darauf frei, was sie für das Palastfrühstück vorbereitet und hinter sich aufgebaut hatten. Auf einem langen Marmortisch türmten sich Pyramiden aus Teigtaschen, kunstvoll geschnitzte Obstskulpturen und ein Berg Konfekt. Osman wäre ohnmächtig zu Boden gesunken, dachte Anton. Aber selbst diese Köstlichkeiten verblassten vor den Gesichtern, die sich ihnen zuwandten. Anton sah strahlende Augen und Tränen der Rührung.

»Ich danke Euch für Euren Empfang«, sagte Prinz Achmed. Er stand stolz und aufrecht vor ihnen. »Bitte erhebt Euch nun.«

Auf einmal kämpfte auch er mit den Tränen.

Der beleibte Chefkoch erhob sich ächzend, nur um sich sogleich wieder tief zu verneigen. »Wir sind überglücklich, Euch hier zu sehen und zu wissen, dass Ihr noch lebt«, sagte er mit bebender Stimme. »Unser geschätzter Gewürzlieferant und Freund Mustafa Hamid hat uns bereits erzählt, was geschehen ist. Wir sind Euch alle zutiefst ergeben und bereit, an Eurer Seite zu kämpfen.«

»Ich danke Euch.« Der Prinz neigte höflich den Kopf. »Aber vielleicht müssen wir nicht einmal kämpfen, um den Thron wiederzuerlangen. Kochen dagegen schon.«

»Ganz wie der Herr befiehlt«, sagte der Chefkoch.

Prinz Achmeds Augen leuchteten. »Dann lasst uns keine Zeit verlieren.«

Jetzt schaltete sich Jussuf Pascha ein. »Hat der Oberbefehlshaber der Janitscharen bereits sein Frühstück bekommen?«, fragte er den Chefkoch. »Noch nicht? Das ist günstig. Was isst er für gewöhnlich?«

Der Koch, der sich um das Frühstück des Oberbefehlshabers kümmerte, trat schüchtern nach vorn.

»Er nimmt einen schwarzen Tee und gefüllte Teigtaschen zu sich und manchmal einen Kuchen.«

»Einen Kuchen?« Jussuf Paschas Lächeln wurde noch etwas breiter. »Das ist sogar sehr gut. Können wir eine Nachricht in den Teig einbacken?«

»Das dürfte kein Problem sein«, sagte der Koch. »Ich bereite sofort den Teig vor.«

Jussuf Pascha zwinkerte Anton zu. »Dein Plan scheint aufzugehen, mein Junge.«

Anton grinste zurück. »Wir brauchen noch die Essgewohnheiten des Großwesirs, des Sultans und von jedem Einzelnen seiner Getreuen.«

»Und die Gerichte müssen alle so gut zubereitet sein, dass niemand, aber auch niemand ihnen widerstehen kann!«, rief Fanni.

Jussuf Pascha, Fanni und Anton warfen sich die Kittel über, die alle Küchenangestellten trugen, damit sie nicht auffielen, wenn ein Fremder die Küche betrat. Herr Hamid musste noch einmal in die Stadt zurück, um etwas für den Plan Entscheidendes zu holen, wie er mit verschwörerischem Blick erklärte. Prinz Achmed versteckte sich zu seiner Sicherheit wieder in der Speisekammer.

In der Küche begann es zu summen wie in einem Bienenkorb. Gehilfen rannten geschäftig hin und her, Listen wurden zusammengestellt und Jussuf Pascha vorgelegt; Menüs wurden entworfen, verworfen oder verfeinert. Köche steckten die Köpfe zusammen, kosteten und mischten neue Zutaten in ihre Gerichte.

Jussuf Pascha hatte gleich eine Nachricht an seinen Freund geschrieben. Der Zettel wurde zusammengefaltet in den Teig gelegt, den der flinke Koch schon angerührt hatte. Kaum war der Kuchen fertig, stand auch schon der Sklave des Oberbefehlshabers an der Tür, um

das Frühstück abzuholen. Als er den Kuchen sah, verzog er das Gesicht.
»Ibrahim Bey isst keinen Kuchen zum Frühstück!«, rief er.
»Diesen schon«, sagte Fanni schnell. »Es ist ein ganz besonderer Kuchen mit den himmlischsten Gewürzen. Er trägt den Namen ›Jussufs Traum‹. Er soll ihn wenigstens probieren.«
Nachdem der Diener mit dem schweren Tablett abgezogen war, schauten Anton und Fanni ihm bang hinterher. Dieser Teil des Plans musste klappen, der ganze Rest hing davon ab.
Anton fragte Jussuf Pascha: »Was haben Sie ihm geschrieben?« Der Pascha unterhielt sich gerade mit dem Chefkoch. Sie sprachen über die Essgewohnheiten des Großwesirs und planten ein mögliches Menü. »Dass ich ihm, als Diener verkleidet, gern unter vier Augen seinen Tee servieren möchte«, antwortete er.
Als eine halbe Stunde später der Sklave des Oberbefehlshabers mit den Überbleibseln des Frühstücks zurückkam, nahmen sie das Tablett sofort beiseite. Unter den Kuchenresten steckte tatsächlich eine Botschaft. Jussuf Pascha faltete sie auseinander und lächelte.
»Meine jungen Freunde, der erste Teil unseres Plans hat geklappt«, sagte er zufrieden. »Ich werde demnächst den zweiten Tee servieren.«
Der Chefkoch kümmerte sich darum, dass Jussuf Pascha die Kleidung eines Dieners bekam. Kurz darauf klopfte auch schon ein Diener des Oberbefehlshabers.
»Mein Herr wünscht, dass ihm nochmals Tee und Gebäck aus der Küche gebracht werden«, sagte er.
Jussuf Pascha, in die rote Pluderhose und die kürbisförmige Mütze der Palastsklaven gekleidet, verschwand kurz darauf mit dem beladenen Tablett.

Es dauerte eine ganze Weile, bis er zurückkehrte. Sein Gesicht verriet, dass er gute Neuigkeiten hatte. Er winkte Fanni und Anton zu sich und ging mit ihnen in die Vorratskammer, wo der Prinz schon ungeduldig wartete. Er saß auf einem Mehlsack, neben ihm standen Teller mit Süßigkeiten, doch der Prinz war zu aufgeregt gewesen, um etwas davon anzurühren. Die anderen setzten sich zu ihm.

»Ibrahim Bey ist bereit, Eurer Hoheit treu zu dienen, und steht uns ab sofort zu Diensten. Er wartet nur auf ein Signal«, sagte Jussuf Pascha dem Prinzen.

»Er sagte auch, er habe schon seit einiger Zeit begriffen, dass er einen unverzeihlichen Fehler gemacht hat, dem Großwesir damals an die Macht zu verhelfen. Er war sehr erleichtert zu hören, dass Ihr noch lebt. Er wusste nichts von dem Plan des Großwesirs, Euch töten zu lassen. Ihm hatte der Großwesir erzählt, Mehmed Ali habe Euch entführt oder sogar Schlimmeres, und er schicke die Leute aus, um nach ihm suchen zu lassen!«

»Dieser Schuft!«, rief der Prinz empört. »Es wird höchste Zeit, dass er in den Kerker kommt.«

Jussuf Pascha nickte. »Allerdings. Mein armer Freund ist voller Reue und bereit, zu tun, was er nur kann, um das Geschehene wiedergutzumachen. Er gab mir die Namen aller Staatsdiener und Offiziere, die auf der Seite des Großwesirs stehen. Unser guter Wesir hat sich nämlich bei einigen mit viel Geld bedingungslose Treue erkauft.«

Herr Hamid erschien in der Tür und strahlte sie an. Der Prinz winkte ihn herein. Der Gewürzhändler verneigte sich und klopfte stolz auf ein Säckchen, das er mit sich trug.

»Es ist alles bereit. Unser Zauberpuder kann jetzt die köstlichen Speisen bereichern.«

Er kicherte leise. Sie gingen zurück in die Küche, wo die Vorbereitungen für das Mittagessen voll im Gange waren. Ein Nebel aus Dampf und Rauch lag in dem Saal, und den Köchen und Gehilfen rann der Schweiß übers Gesicht. In jedem Kamin schmorte, backte oder briet etwas; an den Tischen wurde gehackt, gesiebt, geknetet und geraspelt. Ein Staatsempfang hätte nicht für weniger Wirbel gesorgt.
Jussuf Pascha und der Gewürzhändler gingen von Tisch zu Tisch und gaben die Namenslisten an die Köche weiter. Die mussten überlegen, welche der Speisen wie viel von dem Pulvergemisch bekommen sollten. Die Wirkung musste stark genug sein, doch sollte man die fremde Zutat auf keinen Fall herausschmecken. Herr Hamid hatte mit Antons Hilfe den Inhalt des Säckchens in einer großen Schüssel verrührt. »Berühr es bloß nicht, Junge«, hatte er gesagt. »Es ist ein sehr starkes Mittel und entfaltet seine Wirkung sofort.«
Dann ging er herum und verteilte alles portionsweise. Vieles musste bedacht werden. Der Großwesir und der Sultan hatten beide Vorkoster, die all ihre Speisen probierten, bevor sie selbst davon aßen. Wenn jemand sie vergiften wollte, hatte eben der Vorkoster Pech gehabt. Doch der Chefkoch, der für die Mahlzeiten des Großwesirs zuständig war, kannte sich zum Glück gut aus.

»Er lässt seinen Vorkoster immer nur die Kruste seines Auflaufs kosten«, erklärte er. »Weil er selbst lieber die weiche, cremige Mitte isst.

Tut das Mittel vor allem dorthin, dann entfaltet es seine stärkste Wirkung, und der Vorkoster schläft erst ein bisschen später ein.« Auch die Essgewohnheiten des verrückten Sultans kannte der Chefkoch. »Der Sultan liebt am meisten die Nussplätzchen. Die einfachen Zuckerstangen überlässt er seinem Vorkoster.«

Zum Glück hatten die anderen auf der langen Liste keine Vorkoster. Für die mussten nur ihre Lieblingsgerichte mit besonderer Sorgfalt vorbereitet werden. Als dann die würzigsten Düfte die Küche erfüllten, erschienen auch schon die ersten Diener, um die Mittagsspeisen für die hohen Herren abzuholen.

Nervös überwachten Jussuf Pascha und der Chefkoch die Ausgabe der Speisen. Die Köche, die die Schüsseln an ihnen vorbeitrugen, in denen das Pulver gemischt war, raunten den Dienern die Namen der jeweiligen Empfänger zu. Verwechslungen durfte es heute auf keinen Fall geben. Das war bei achthundert Mahlzeiten eine ganz schöne Herausforderung.

Als endlich die letzten Speisen verteilt waren, setzten sich Jussuf Pascha, Fanni und Anton zu Prinz Achmed in die Speisekammer und warteten. Sie waren alle angespannt. Hoffentlich reichte das Mittel, das den Gerichten beigemischt worden war, und hoffentlich aßen alle reichlich davon.

Ibrahim Bey würde nach dem Mahl unter einem Vorwand den Großwesir aufsuchen, so hatte er es mit Jussuf Pascha besprochen. Sollte das Mittel gewirkt haben, würde er sofort einen Diener in die Küche schicken.

Die Zeit verstrich, doch nichts geschah. Fanni und Anton sahen sich an. Beide wussten, von der nächsten halben Stunde hing alles ab. Würde Prinz Achmed Sultan werden? Würden Mama und Papa endlich aus dem Kerker befreit? Und würde Mehmed Ali aus der Gefangenschaft der Janitscharen zurückkehren?
Auch in der Küche war es still geworden. Die Köche saßen erschöpft im Schatten der Veranda und sprachen kein Wort. Die Mittagshitze senkte sich über den Palast. Alle hielten den Atem an und warteten.
Da näherten sich klappernde Holzpantinen, die die Stille unterbrachen. Jussuf Pascha zog die Luft ein und ging sofort hinaus. Anton und Fanni folgten ihm. Der Sklave, der es so eilig hatte, stand in der Küche vor Jussuf und verneigte sich tief. »Ich soll Euch von meinem Herrn bestellen, dass alles so ist, wie Ihr es wünscht, und dass Ihr kommen sollt.«
Anton stürzte zurück in die Vorratskammer und jubelte. »Es hat geklappt! Es hat geklappt!«
Die Köche, die Küchenhilfen und Bäcker waren aufgesprungen und patschten sich gegenseitig auf die Schultern. Doch da trat der Prinz hinaus und mahnte zu Ruhe und Vorsicht. Noch war der Großwesir nicht hinter Gittern.

Ein kleiner Zug machte sich auf in den Palast. Jussuf Pascha, die Hand am Säbel, führte ihn an. Fanni und Anton, die den Prinzen in ihre Mitte genommen hatten, folgten ihm. Prinz Achmed hatte sich über Jussuf Paschas Proteste hinweggesetzt und darauf bestanden, dabei zu sein. Schließlich kannte er sich im Palast von allen am besten aus und wusste, wo die Räume des Großwesirs lagen.
Anton bemerkte gleich, dass es ungewöhnlich still war. Die Lis-

te der Getreuen war recht lang gewesen. Doch als sie sich dem Hof des Großwesirs näherten, hörten sie etwas Unheimliches. Es klang wie ein Pack wild knurrender, fauchender und grunzender Tiere, es wuchs in mächtigen Wellen an und fiel dann kurz wieder ab. Jussuf Pascha war stehen geblieben und lauschte. Ein Lächeln zuckte über sein Gesicht, und er winkte die anderen zu sich heran. Sie folgten ihm in den Innenhof. Gleich hinter dem Tor saßen fünf Wächter an die Palastwand gelehnt und schnarchten im Chor. Die Speere waren ihnen aus den Händen gerutscht, die Beine hatten sie von sich gestreckt. Nicht weit von ihnen lagen acht Sklaven im Schatten der Veranda; vier weitere Wächter ruhten auf ihren Mützen vor der Tür, die in das Gemach des Großwesirs führte. Auch sie schnarchten, was das Zeug hielt, und sie waren nicht allein. Aus Türen und Fenstern, aus allen Ecken und Winkeln dröhnte es über den Hof, es hallte und vibrierte zwischen den Wänden, wurde lauter, senkte sich wieder ab, wurde wieder lauter und wieder leise. Alle, aber auch alle hier waren in einen tiefen Schlaf gesunken.

Leise betraten sie die Gemächer des Großwesirs. Auch hier schlug ihnen ein beträchtlicher Lärm entgegen. Staatsdiener, die mit dem Wesir gespeist hatten, hatten den Kopf neben ihren Tellern auf die Tische fallen lassen, der Vorkoster schlief in einer Ecke, und die Diener lagen zusammengesackt auf dem Boden neben einem gewaltigen Diwan, auf dem sich große, weiche Kissen türmten. Mittendrin lag ein kleiner Mann. Er sah aus wie ein Käfer, der auf dem Rücken lag; seine kurzen Arme und Beine hatte er von sich gestreckt, und dabei schnarchte er laut und pfiff beim Ausatmen durch die Zähne. Eine fleckige Serviette war ihm um den Hals gebunden, und in der rechten Hand hielt er einen Elfenbeinstab. Anton erkannte ihn sofort.

»Da ist der Gartenzwerg«, flüsterte er Fanni und Prinz Achmed zu. Fanni beugte sich über den Großwesir und grinste.
»Dem haben wir eine extragroße Portion Schlafmittel verpasst«, flüsterte sie zurück. »Der wacht so schnell nicht wieder auf.«
Hinter ihnen räusperte sich jemand. Ein hochgewachsener, kräftiger Mann mit einem schwarzen Schnurrbart und hoher weißer Mütze trat auf sie zu. Er hatte schon auf sie gewartet, doch sie hatten ihn nicht bemerkt. Jetzt fiel er vor dem Prinzen auf die Knie.
»Mein Freund Ibrahim Bey«, sagte Jussuf Pascha. »Herr der Janitscharen und treuer Diener des wahren Sultans.«
Ibrahim Bey verneigte sich demütig und sagte mit dunkler Bassstimme:
»Ich bitte Euch um Verzeihung für das, was ich getan habe, Hoheit, und gebe mein Leben in Eure Hand. Tut mit mir, was Ihr wollt. Ich war nicht Herr meiner selbst, als ich damals handelte.«
Der Prinz nickte. »Ich weiß. Die Schuld lag nicht bei Euch«, sagte er, wenn auch etwas kühl.
Ibrahim Bey erhob sich und deutete auf die schlafende Runde. »Was soll mit ihnen geschehen, Hoheit? Sollen wir sie in Säcke einnähen und in den Bosporus werfen? Euer Wunsch ist mir Befehl.«
»Fürs Erste wäre uns damit gedient, wenn Ihr die Herren in den Kerker schaffen lasst«, sagte der Prinz. »Passt gut auf, dass uns vor allem der da nicht entkommt.« Prinz Achmed zeigte mit dem Daumen auf den schnarchenden Käfer. »Dann wünsche ich, dass die Eltern meiner guten Freunde sofort freigelassen werden. Und schließlich wäre da noch mein treuer Freund Mehmed Ali. Er soll so schnell wie möglich gefunden werden und zu mir kommen. Soweit ich weiß, ist er in der Hand Eurer Janitscharen.«

Der Oberbefehlshaber straffte sich und sagte militärisch knapp: »Es wird alles sofort geschehen.«
Er ging hinaus und kam kurz darauf mit seinen Leuten zurück. Vier Männer schleppten den Großwesir davon, nachdem sie ihn gefesselt hatten. Dann wurden der Vorkoster, die schlafenden Staatsdiener, die Wächter und Offiziere und der verrückte Sultan zum Kerker getragen. Auch die Köche und Küchengehilfen halfen mit in der ungewöhnlichen Karawane, die da zum Kerker zog. An ihrer Spitze tänzelte der Gewürzhändler Herr Hamid, der seinen Stolz nicht verbergen konnte. Sein Zauberpülverchen hatte ganze Arbeit geleistet. Es war die unblutigste Machtübernahme, die der Palast je erlebt hatte.

Krönung mit kleinem Zwischenfall

Dank dem Oberbefehlshaber wurden Papa und Mama schon bald gefunden. Nach einem kurzen Besuch im Badehaus, das sie duftend und in Seidenstoffe gehüllt verließen, fielen sie ihren Kindern in die Arme. Mama schniefte vor Freude, sie endlich wohlbehalten wiederzusehen. Sie selbst hatten ihre Zeit im Kerker erstaunlich gut überstanden.

»Euer Vater hat den Wächtern nämlich Angst und Schrecken eingejagt«, sagte Mama zur Erklärung. »Mit einer sprechenden Kiste.«

»Einer unheimlichen Kiste«, fügte Papa hinzu.

»Wie? Was für eine Kiste?«, fragte Anton.

Papa zog ein kleines Aufnahmegerät aus der Tasche seines violetten Umhangs. »Das hatte ich für die Konferenz dabei. Ich habe erst ihre Stimme aufgenommen und dann in meiner Hosentasche abgespielt. Die haben natürlich ihre eigenen Stimmen wiedererkannt und dachten, ich raube ihnen die Seele.«

»Und er hat sie mit der Videofunktion der Kamera aufgenommen und ihnen die Filme vorgespielt!«, rief Mama und schaute Papa bewundernd an. »Da haben sie vor Angst geschlottert.«

»Zum Glück habe ich einen guten Akku, denn mit dem Aufladen wäre es ja ein bisschen schwierig geworden«, sagte Papa schmunzelnd. »So ganz ohne Steckdosen. Und stellt euch vor, ab dann bekamen wir einen erstklassigen Service. Die brachten uns ordentliches Essen, weiche Decken und alles, was wir sonst noch so brauchten. Jeden Tag Fruchtdrinks und frisches Obst. Am meisten haben wir uns um euch gesorgt.«

Fanni und Anton waren glücklich, dass Mama vom Mäusebesuch verschont geblieben war.

Inzwischen ließ Ibrahim Bey unter den Janitscharen dringend nach Mehmed Ali suchen. Prinz Achmed wollte sich ungern ohne ihn krönen lassen, doch Jussuf Pascha überzeugte ihn, dass er nicht warten durfte. Noch war die Gefahr nicht gebannt. Sie hatten Osman zwar bewusstlos am Strand zurückgelassen, aber der Schreck über seine Verwandlung saß ihnen noch tief in den Knochen. Der Wunsch würde den Dschinn vielleicht schon bald wieder zu Prinz Achmed führen, deshalb durften sie keine Zeit mehr verlieren.

Jussuf Pascha nahm die Sache in die Hand und stellte einen kleinen Stab von Offizieren zusammen, denen er im Minutentakt Anordnungen gab. Als Erstes musste der verrückte Sultan offiziell abdanken, denn vorher konnte der neue nicht gekrönt werden. Man holte ihn aus dem Kerker, wo er vor sich hin dämmerte, und stellte ihn im Palast unter Hausarrest.

Drei Sklaven waren angewiesen, ihm die Zeit zu vertreiben und mit ihm Mühle zu spielen. Das war die einzige Beschäftigung, die dem Sultan Spaß machte. Die Sklaven hatten den Befehl, ihn gewinnen zu lassen. Von der Lage, in der er steckte, hatte er sowieso nichts begriffen. Als Prinz Achmed ihm die Urkunde vorlegte, die der Hofkalligraf rasch aufgesetzt hatte, unterschrieb er sie glucksend. Er war gut gelaunt, weil sein Sklave gerade wieder mal verlor.

Noch nie war eine Krönung so schnell vorbereitet worden. In dem Audienzsaal, in dem Fanni und Anton damals gelandet waren, herrschte ein ständiges Kommen und Gehen. Teppiche wurden ausgerollt und Einladungen an sämtliche Würdenträger ausgetragen. Die Palastküche übertraf sich ein zweites Mal; alle waren froh, ihren neuen Herrscher und seine Gäste zu bekochen. Vor der Palastküche trafen Fanni und Anton auch Shükrü, der sie freudestrahlend begrüßte. Sein Herr Mehmed Ali war zwar noch nicht gefunden worden, aber die Janitscharen suchten nach ihm.

Nach einer Nacht im Palast, die Fanni, Anton und ihre Eltern in einer prächtigen Schlafkammer mit vergoldeten Hochbetten verbrachten, wo sie mehr redeten als schliefen, kam der feierliche Tag. Eine große Prozession zog vom Palast zur Moschee. Jussuf Pascha und Ibrahim Bey sorgten dafür, dass der Prinz streng bewacht wurde. Lieber wäre es ihnen gewesen, der Prinz würde sofort gekrönt, doch die Tradition wollte es so, dass der zukünftige Sultan zuerst die Moschee besuchte, um den Segen Allahs zu empfangen.

Fanni und Anton ritten an der Seite des Prinzen, Jussuf Pascha und Ibrahim Bey folgten gleich dahinter mit dem Heer der Janitscharen. Musiker spielten auf, und Würdenträger mit bunten Wimpeln folgten dem Zug. Ein unüberschaubarer Menschenauflauf drängte sich um das große Haupttor und säumte den Weg zur Moschee. Die Janitscharen mussten die Leute zurückdrängen, und immer wieder blieb der Zug stehen. Anton dachte an den Tag, als Papa und Mama hier festgenommen worden waren. Wie viel war seitdem passiert! Heute wurden Papa und Mama in einer Sänfte von acht starken Sklaven

getragen. Sie waren etwas weiter hinten im Zug. Von seinem Pferd aus blickte Anton auf die dicht an dicht stehenden Menschen, die den Platz füllten und ihnen zuwinkten.
»Hoch soll er leben, unser Sultan Achmed!«, riefen sie. »Möge Allah ihn beschützen!«
Achmed winkte zurück, und auch Fanni und Anton nickten freundlich in alle Richtungen.
Plötzlich bahnte sich ein Reiter einen Weg durch die Menge direkt auf Prinz Achmed zu. Die Janitscharen hoben schützend ihre Säbel, als der Reiter die Prozession erreichte, und stürzten auf ihn zu. Er war dreckig, trug einen Bart, und seine Kleider waren zerlumpt. Ein Wächter wollte den Verrückten schon niederschlagen, da schrie Fanni: »Halt! Rührt ihn nicht an!«
Sie wendete ihr Pferd und ritt unter den respektvoll gehobenen Säbeln der Soldaten hindurch auf den Mann zu. »Mehmed Ali! Es ist Mehmed Ali!«, schrie sie.
Als Anton und der Prinz das hörten, wendeten sie sofort ihre Pferde und kamen auf Mehmed Ali und Fanni zugetrabt. Die Janitscharen wichen vor ihrem zukünftigen Herrscher zurück. Mehmed Ali sprang vom Pferd. »Eure Hoheit! Fanni, Anton!«, rief er. Jetzt entdeckte er auch seinen Freund Jussuf Pascha und Ibrahim Bey. »Ihr habt es geschafft!«
»Komm, reite mit uns zur Moschee!«, sagte der Prinz, der sich fast so sehr freute wie Fanni.
»Du bist gerade noch pünktlich.« Fanni strahlte Mehmed Ali an. »Ohne dich wollte er sich nicht krönen lassen.«
Mehmed Ali stieg wieder aufs Pferd und nahm Fannis Hand. Gemeinsam ritten sie durch die wogende und immer wieder in Jubelrufe

ausbrechende Menge. Anton suchte die Passanten angestrengt nach Osman ab, aber der war zum Glück nirgends zu sehen. Dafür erkannte er jemand anderen am Straßenrand, einen alten Mann mit sonnengegerbtem Gesicht und weißem Ziegenbärtchen. Es war der Eseltreiber, der Fanni und Anton auf den Weg nach Edirne geführt hatte. Als Anton ihm zuwinkte und er die Geschwister erkannte, schlug er die Hände über den Kopf. »Habt ihr euren Onkel und euren Cousin wiedergefunden?«, fragte er, als Anton vor ihm hielt. »Und hat euch das Pferd gut gedient?«

»Vom Pferd reden wir lieber nicht«, sagte Anton. »Aber der Onkel ist hier.« Er zeigte auf Mehmed Ali. »Und das hier ist der Cousin.« Er deutete auf den Prinzen.

Der Eseltreiber rief: »Bei Allah!«, und warf sich in den Staub.

»Ich habe schon von Euch gehört«, sagte der Prinz zu ihm. »Eure Güte wird nicht unbelohnt bleiben. Kommt nächste Woche in den Palast.«

Vor der Moschee empfingen hohe Würdenträger den Prinzen und geleiteten ihn durch den Innenhof. Grüne Gebetsfahnen flatterten im Wind, und feierlich gekleidete Herren standen Spalier. Während Prinz Achmed, Anton und Jussuf Pascha in der Moschee verschwanden, zogen Fanni und Mehmed Ali sich in eine ruhigere Ecke des Innenhofs zurück. Mit leiser Stimme erzählte Fanni, was alles geschehen war, seit sie sich im Morgenlicht vor der Ruine des Badehauses verabschiedet hatten. Wie sie Jussuf Pascha gefunden hatten und wie Fanni nach Osmans nächtlichem Besuch die Idee hatte, dass nur der *Prinz* Achmed von dem tödlichen Wunsch bedroht war, nicht aber der *Sultan* Achmed. Wie sie dann Osman von den Janitscharen befreit hatten und er sich am Meer auf Prinz Achmed gestürzt hatte … Wie sie mit der Hilfe des Gewürzhändlers den Großwesir und seine

Leute ausgeschaltet hatten und ihre Eltern aus dem Kerker kamen und Ibrahim Bey sofort nach ihm hatte suchen lassen …

Mehmed Ali hörte staunend zu. Immer wieder schüttelte er den Kopf und hielt dabei Fannis Hand.

»Wie soll ich dir und Anton je für alles danken?«, sagte er. »Ohne euch zwei würde der Prinz heute nicht zum Sultan ernannt werden, und ich säße hier im Kerker – wenn ich überhaupt noch am Leben wäre.«

»Noch ist die Gefahr nicht vorüber«, sagte Fanni. »Osman kann jederzeit hier auftauchen.«

»Wir werden schon dafür sorgen, dass nichts passiert«, sagte Mehmed Ali. »Es ist merkwürdig: Osman hat dich auf genau die gleiche Idee gebracht, auf die ich auch schon gekommen war.«

»Das lag daran, dass du von einem möglichen Weg gesprochen hast. Das fiel mir ein, als Osman vom genauen Wünschen sprach, und da wurde ich stutzig«, sagte Fanni. »Doch jetzt erzähl, was dir passiert ist.«

»Da gibt es nicht viel«, sagte Mehmed Ali. Knapp berichtete er, wie er in Edirne in den Kerker gesteckt worden war. »Einen Tag später haben sie mich dann nach Stambul gebracht. Und der Weg war beschwerlich. Einmal waren wir sogar von der Straße abgekommen und haben uns im Nebel entsetzlich verlaufen. In Stambul war ich in einem Verlies eingesperrt. Nur weil meine Wärter mich kannten und dem Großwesir misstrauen, ist mir nichts Schlimmeres passiert. Doch zum Glück liegt das jetzt alles hinter uns.«

Mehmed Ali sah sie wieder an. »Ich kann noch gar nicht glauben, dass wir hier zusammen sitzen«, sagte er leise. »Ich hoffe nur, dass wir so schnell nicht mehr getrennt werden.«

Am Nachmittag wurde Prinz Achmed feierlich zum Sultan gekrönt. Der festlich geschmückte Thronsaal war bis auf den letzten Platz gefüllt. Schulter an Schulter gedrängt standen Staatsdiener, Geistliche, alle Fürsten, die Stambul aufzubieten hatte, und die ehrwürdigsten Bürger der Stadt. Ein Meer aus Turbanen, von denen Straußen- und andere, bunt gefärbte Federn abstanden, erstreckte sich nach allen Seiten. Gedämpftes Stimmengewirr füllte den Saal, bis Shükrü und ein weiterer Sklave die große Flügeltür öffneten und der Prinz angekündigt wurde. Augenblicklich verstummte der Saal. Dann hörte man einen dumpfen Schlag, als alle fast gleichzeitig auf die Knie fielen.

Anton und Fanni, die zur Feier des Tages einen silberfarbenen Turban trugen, schritten hinter dem Prinzen her. Mehmed Ali, Jussuf Pascha und Ibrahim Bey folgten ihnen. Sie waren alle in Samt und Seide gekleidet. Links und rechts postiert standen Janitscharen, die den Prinzen scharf bewachten.

»Erhebt Euch bitte«, sagte Prinz Achmed, und seine Stimme zitterte ein wenig. Anton konnte zwar sein Gesicht nicht sehen, doch er ahnte, was in ihm vorging. Der Prinz war nervös, versuchte es aber zu verbergen. Geräuschvoll erhoben sich alle wieder, und langsam schritt der Prinz auf den Thron zu. Links und rechts säumten Würdenträger den Weg und verneigten sich tief vor ihrem zukünftigen Herrscher. Sie trugen fein geschnitzte Standarten mit Pferdeschweifen in der Hand.

Niemandem war das rötliche Kätzchen aufgefallen, das sich an den Füßen der Würdenträger und der Janitscharen vorbei in die vorderste

Reihe geschlichen hatte. Immer wieder blieb Prinz Achmed stehen, um die Glückwünsche der Zuschauer zu empfangen. Er begrüßte gerade Mehmed Alis Eltern, als das Kätzchen zwischen den Füßen zweier Janitscharen nach vorn auf ihn zusprang. Im Maul des Tieres blitzte kurz etwas silbrig auf.

Was dann geschah, löste Schreie des Entsetzens aus. Manche Zuschauer hielten sich die Hände vor die Augen. Das Kätzchen verwandelte sich noch im Sprung. Sekundenschnell blähte es sich auf und erreichte Menschengröße. Das rote Fell straffte sich und wurde zu roter Seide; der Katzenbart wuchs zu einem langen gekrümmten Schnurrbart, das niedliche Katzennäschen wurde immer länger und bog sich über den Mund. Die hinteren Pfötchen waren jetzt Füße, die in goldenen Pantoffeln steckten. Und die rechte Pfote war eine rundliche Hand, in der ein Messer lag.

Wieder ging ein Aufschrei durch den Saal. Vor Prinz Achmed stand ein dicker Mann und holte mit dem Messer aus. Osman!

»Pass auf!«, schrie Anton und schubste den Prinzen beiseite, der kreidebleich geworden war. Schützend stellten Mehmed Ali, Fanni und Jussuf Pascha sich um ihn. Man hörte den donnernden Bass von Ibrahim Bey, der Kommandos rief. Die Janitscharen stürmten auf Osman zu, bekamen ihn jedoch nicht zu fassen. Sein Körper bebte wie mächtige Ozeanwellen bei einem Orkan, und ihre Schwerter stießen immer wieder ins Leere. Anton sah, dass sie keine Chance hatten. Der Dschinn war wieder Herr seiner Dschinn-Kräfte und hielt das Messer noch immer gezückt. Der Wunsch des Großwesirs war übermächtig geworden und hatte gesiegt.

»Osman«, rief Anton verzweifelt, »du kannst den Wunsch bekämpfen, es ist der Wunsch einer fiesen Ratte!«

Osmans Augen glitzerten wassergrün und gefährlich. Er hob den Arm mit dem Messer noch höher und holte aus, um zuzustoßen.
»Bitte, Osman!«, schrie Anton.
Der Dschinn starrte Anton aus blinden Augen an, als hätte er ihn noch nie gesehen.
»Ich bin's doch, Anton!«, rief Anton flehentlich. »Schütze den Prinzen, Osman! Bitte! Das ist dein ehemaliger Herr, dem wirst du doch nichts antun!«
Den Dschinn durchfuhr ein Schauder, und er blinzelte. Eine Sekunde lang verharrte er reglos. Dann öffnete er den Mund, und wieder blitzte etwas zwischen seinen Zähnen auf. Er holte tief Luft und pustete. Das blitzende Ding flog wie auf einer Windböe getragen in hohem Bogen aus seinem Mund und fiel mit einem silbrigen Klang vor die Füße des Prinzen. Die Hand mit dem Messer war noch immer erhoben und zitterte, als kämpfte sie gegen eine unsichtbare Macht.
»Steckt ihn an, schnell. Er ist Euer einziger Schutz!«, zischte der Dschinn. Seine Stimme klang schwach und gepresst, als käme sie aus einer fernen Gruft.
Fanni hatte den Ring vom Boden aufgehoben. Sie stutzte kurz. Das sah doch aus wie ihr Ring?! Dann streifte sie ihn dem Prinzen, der sich vor Schreck nicht rühren konnte, über den Ringfinger der rechten Hand.
Im selben Moment stöhnte Osman grässlich auf, dann sauste das Messer direkt auf das Herz des Prinzen zu.
Fanni und Anton schrien: »Osman, nein!«
Der Prinz stürzte durch die Wucht rückwärts zu Boden. Das Messer streifte seinen Umhang, aber es drang nicht durch die Kleidung. Es war, als trage der Prinz einen unsichtbaren Panzer oder ein Ketten-

hemd. Die Messerspitze hatte ihn nicht einmal geritzt. Klirrend fiel das Messer zu Boden.
»Schnell, zur Krönung«, hauchte der Dschinn. Dann stöhnte er wieder laut gurgelnd auf. Einen Augenblick später sackte er in sich zusammen. Der ganze Saal hielt den Atem an. Der Dschinn wurde immer kleiner und durchsichtiger, er zog sich zu einer schrumpfenden Rauchsäule zusammen – und dann war er verschwunden.
Die Würdenträger waren einer Ohnmacht nahe. Ein Dschinn im Thronsaal! Das hatte es noch nie gegeben. Und der künftige Sultan lag noch immer am Boden – war er verletzt, lebte er noch? Die Janitscharen, die ihn umringten, verdeckten den Blick.
Doch da stand Prinz Achmed zitternd wieder auf.
»Du musst auf den Thron, damit alle sehen, dass du noch lebst«, sagte Anton, der ihm aufgeholfen hatte.
Prinz Achmed nickte dankbar. Mit weichen Knien kletterte er die Stufen zum Thron hinauf. Er überragte jetzt alle im Saal, und als die Menschen sahen, dass er noch am Leben war, gingen Jubelrufe der Erleichterung durch den Raum.
Mehmed Ali stieg zu seinem Herrscher hinauf, hob die Hand und bat um Ruhe.
»Wir beginnen sogleich mit der Krönung«, sagte er feierlich.

Die Zeremonie verlief ohne weitere Zwischenfälle. Als der Geistliche endlich die Worte »Es lebe Sultan Achmed der Dritte« rief, hallten wieder Jubelschreie durch den Saal. Seine Worte wurden wie eine Woge immer weiter durch den Palast getragen. Bald hörte man auch von den fernen Toren die Rufe: »Es lebe Sultan Achmed der Dritte! Es lebe unser neuer Sultan!« Zur Feier des Tages wurden von der Pa-

lastmauer Kanonensalven abgeschossen, und auf vielen Hausdächern flatterten bunte Fahnen.
Prinz Achmed stand vor seinem Thron und nahm die Glückwünsche entgegen. Die Erleichterung, dass nun alles überstanden war, war ihm deutlich anzusehen. Er kämpfte mit den Tränen. Es war geschafft! Der Wunsch des Großwesirs war nicht in Erfüllung gegangen. Das war sicher nur selten vorgekommen in der Geschichte der Dschinn, wenn überhaupt.

Am Abend, als alles vorbei war, saßen sie gemeinsam im Palastgarten am Wasserbecken. Die Luft war mild, und es duftete nach Rosen. Aus der Stadt hörte man gedämpftes Stimmengewirr, in das sich Johlen mischte. Der neue Sultan hatte die Palastküche angewiesen, auf den Märkten Stambuls Essen an die Armen zu verteilen.
Sultan Achmed hob sein Glas und blickte zu Fanni und Anton.
»Ohne euren Mut und eure Hilfe wäre ich heute nicht Sultan geworden. Ja, ohne euch wäre ich wohl gar nicht mehr am Leben. Das werde ich euch nie vergessen, solange morgens die Sonne aufgeht.«
Seit er Sultan war, wirkte er noch weniger wie ein zwölfjähriger Junge.
Nun erhob auch Mehmed Ali sein Glas.
»Es lebe unser Sultan Achmed! Auf unseren König!«
»Auf unseren König!«, wiederholten die anderen im Chor.
»Und auf Fanni, Anton und Jussuf Pascha!« Mehmed Ali lächelte den dreien zu. Anton wurde ganz verlegen. So viel Aufmerksamkeit war ihm unangenehm.
Vorsichtig hob auch er sein Glas.

»Und auf Osman«, sagte er leise. »Oder nicht? Ohne ihn – na ja – hätte es auch schiefgehen können. Wenn er dir nicht den Ring zugeworfen hätte? Für den Wunsch des Großwesirs konnte er ja nichts.«
»Obwohl er am Schluss ganz schön gestresst hat«, sagte Fanni, »wenn ich mal stark untertreiben darf.«
Sie saßen in Kissen gelehnt und genossen den Abendhimmel, der sich langsam violett färbte. In der Nähe schrie ein Pfau, dem ein zweiter antwortete. Diener trugen volle Schüsseln auf und reichten ihnen nach. Besonders aufrecht saß der Gewürzhändler, der als Ehrengast eingeladen war. Vor Aufregung war seine Glatze schweißnass.
So ließ es sich leben, dachte Anton und lauschte den Gesprächen, die sich über die Tische hinweg entsponnen. Sultan Achmed – Anton musste sich erst noch an den Titel gewöhnen – sprach mit Ibrahim Bey, der ihm mit tiefer Stimme Ratschläge gab. Sultan zu werden war schon nicht leicht gewesen. Aber Sultan zu sein war noch schwieriger.
»Das Sprichwort sagt: ›Güte lockt die Schlange aus der Erde‹. Aber da Ihr das Volk auf Eurer Seite habt, wird Euch nichts geschehen, wenn Ihr Euch nur vor falschen Beratern schützt.«
Der junge Sultan hörte aufmerksam zu. Am anderen Tisch plauderten Papa und Mama mit den Eltern Mehmed Alis. Sie kannten ja alle vier Wien. Um sie nicht zu verwirren, sprach Papa nur über den Stephansdom. Der stand auch schon zu ihrer Zeit, da konnten sie sicher sein, sich nicht zu verplappern. Mama sah richtig hübsch aus in ihrer osmanischen Tracht, und Anton merkte, wie Papa immer wieder zu ihr hinüberschielte. Mehmed Alis Eltern waren so glücklich darüber, dass ihr Sohn zurückgekommen war, dass sie den ganzen Abend strahlten. Ihn ein zweites Mal zu verlieren hätte ihnen das Herz gebrochen. Ihre runzligen Wangen glühten rot.

»Ich erinnere mich auch noch an den Stephansdom«, meldete sich jetzt vom Nebentisch Jussuf Pascha. »Als kleiner Junge hat mich mein Vater einmal dorthin mitgenommen.«
Er sprach erstaunlich gut Deutsch. Anton sah ihn überrascht an.
»Dass Sie so gut Deutsch sprechen, haben Sie uns nie verraten«, rief er.
Jussuf Pascha lächelte. »Max, ich meine, Mehmed Ali, ist der Einzige, mit dem ich manchmal noch auf Deutsch rede«, sagte er. »Ich war so alt wie du, Anton, als die Janitscharen mich aus unserem Dorf geraubt haben. Von vierzig Jungen haben sie immer einen ausgewählt. Damals habe ich mir die hier zugezogen.« Jussuf Pascha zeigte auf seine lange Narbe. »Weil ich mich gewehrt hatte.«
Mehmed Alis Mutter seufzte leise. »Die haben einfach die Kinder mitgenommen, ob sie wollten oder nicht. Was haben wir geweint! Wenigstens haben sie sie dann gut ausgebildet. Aus unserem Maxi ist ja was geworden.«
Stolz blickten sie auf Mehmed Ali, der sich schon länger mit dem neuen Sultan unterhielt. Der Sultan zog gerade sogar einen Ring von seinem Finger und gab ihn ihrem Sohn. Was für eine große Ehre!
Jussuf Pascha stimmte ihr zu. »Ja, besser als die Tataren. Die haben auf ihren Raubzügen immer alle mitgenommen. Unser Nachbardorf ist von ihnen überfallen worden, da war kein einziges Kind mehr übrig, und auch keine Frau. Die haben sie alle auf dem Sklavenmarkt verkauft.«
»Ich weiß«, rief Anton aufgeregt. »Ich habe sogar einmal einen freigekauft. Also, mit Osmans Hilfe natürlich, ich hatte ja kein Geld. Im Heerlager vor Wien. Er hieß Friedrich Benda.«
Jussuf Pascha hob sein Glas und rief laut: »Was? Aus der Familie Benda?! Da gab es eine in unserem Nachbardorf, die so hieß. Herr

Anton lebe hoch! Wen rettest du denn sonst noch so alles nebenbei?«

Anton wäre am liebsten unter sein Kissen gekrochen. Aber war das nicht toll, dass Jussuf vielleicht die Familie kannte, mit der alles angefangen hatte?

Sultan Achmed hatte den letzten Teil ihres Gesprächs mitgehört. Jetzt räusperte er sich und erklärte der Runde: »Kinderraub – das wird es unter mir nicht mehr geben. Das verbiete ich ab sofort. Wir haben genügend Kinder im eigenen Land, die wir zu hohen Ämtern heranziehen können.«

Mehmed Alis Eltern hatten Tränen in den Augen. Sie dachten wieder an den schrecklichen Moment, als ihnen ihr Max aus den Armen gerissen wurde. Doch sie wurden gleich wieder abgelenkt. Papa zeigte auf der Kamera die Fotos, die er während der Krönung gemacht hatte. Erstaunt betrachteten Jussuf Pascha und Mehmed Alis Eltern die winzigen Bilder. Als Papa dann auch noch die Videos zeigte, waren sie kaum noch zu beruhigen.

»Wunderbar gemalt sind die Bildchen, schwer zu glauben, wie das möglich sein kann«, murmelte Mehmed Alis Mutter. »Aber dass die Menschen da auch rumzappeln, das ist einfach Zauberei.«

Sie hatte bei der Zeremonie mit Mama hinter einem Vorhang gesessen und von dort aus zugeschaut, während Papa in der vordersten Reihe heimlich die Kamera herausgeholt hatte.

»Niemand zu Hause wird mir das hier glauben«, murmelte er jetzt mit Stolz in der Stimme. »Aber die Videos beweisen es.«

Fanni und Anton wechselten einen raschen Blick. Sie wussten beide, dass es so schnell keinen Weg nach Hause geben würde. Doch jetzt wollten sie erst mal den Abend genießen.

Da beugte sich Sultan Achmed zu Fanni, die zwischen Anton und Mehmed Ali saß.
»Morgen werde ich etwas Wichtiges verkünden«, sagte er leise. »Und ihr sollt die Ersten sein, die es erfahren.«
Neugierig schauten ihn die anderen an.
»Ich ernenne Mehmed Ali zu meinem Großwesir.«
Der Sultan lächelte seinem Freund zu. »Und euch«, sagte er zu Fanni und Anton, »euch mache ich zu meinen Beratern.«
»Aber das geht nicht«, sagte Mama besorgt und flüsterte Sultan Achmed zu: »Wir müssen doch wieder zurück in unsere Zeit.«
Während die anderen an den Tischen weiterplauderten, trat an ihrem eine betretene Stille ein. Schließlich sagte Fanni vorsichtig:
»Mama, ich weiß wirklich nicht, wann wir wieder zurückkommen. Es könnte sein, dass wir für immer hierbleiben müssen.«
»Was?!«, rief Papa. »Aber ich dachte, Osman würde ...«
»Erstens«, unterbrach ihn Anton, »wissen wir nicht, wo Osman steckt. Du hast ja selbst gesehen, wie er im Palast verschwunden ist.«
»Und zweitens«, sagte Fanni, »selbst wenn er da wäre, es hat ja keiner mehr einen Wunsch frei.«
Mama und Papa waren blass geworden. Mama schüttelte immer wieder den Kopf. Auf ihrer Wange glühte ein roter Punkt.
»Aber es muss doch eine Möglichkeit geben!«, rief sie leise, damit die Nachbartische sie nicht hörten. »Wir können doch nicht hier versauern! Verzeihung, Herr Sultan«, sagte sie schniefend zu Achmed, der besorgt guckte.
»Osman ist weg, aber wo ist überhaupt seine Dschinn-Flasche?«, fragte Fanni, um abzulenken. »In die muss er ja immer wieder zum Kräfteschöpfen zurück. Sonst ist er wie eine Schildkröte ohne Panzer.

Ob sie noch der Großwesir hat? Es wäre vielleicht ganz gut, sie zu finden, bevor der auf falsche Ideen kommt.«

»Ich werde sofort nach ihr suchen lassen«, sagte Sultan Achmed, froh darüber, dass er etwas tun konnte. »Verlasst euch darauf, meine Freunde, in einer Stunde haben wir sie.« Er gab Ibrahim Bey knappe Anweisungen, der gleich seine Leute rief. Doch als die Stunde verstrichen war, in der Mama und Papa nur noch gedämpft geplaudert hatten, kam Ibrahim mit leeren Händen zurück. Im Gemach des ehemaligen Großwesirs war keine Flasche zu finden gewesen, und auch in seiner Kerkerzelle nicht.

Fanni und Anton mussten dann trotzdem schmunzeln, als sie hörten, was die Wärter über ihren hohen Gefangenen erzählt hatten. Als er im Kerker aufgewacht war, hatte der Großwesir getobt. Er, der Großwesir, eingesperrt? Was für eine Ungeheuerlichkeit! Fanni stellte ihn sich wie das Rumpelstilzchen vor, das sich vor Wut fast mitten entzweiriss. Der Zwerg zeterte, schimpfte, drohte und lockte. Doch es half alles nichts: Er blieb im Kerker gefangen. »Das hat mir Prinz Achmed eingebrockt!«, schrie er den Wärter an.

»*Sultan* Achmed, mein Herr«, hatte ihn der Wärter verbessert. Da war der Zwerg blass geworden und verstummt. Der Dschinn hatte versagt. Und der Großwesir saß hinter Gittern und konnte von Glück reden, wenn der neue Sultan ihn nicht erdrosseln ließ.

Nachts in der Glasbläsergasse

In den nächsten Tagen blühte Fanni sichtlich auf. Endlich konnte sie Zeit mit Mehmed Ali verbringen, auch wenn er als neuer Großwesir sehr beschäftigt war. Etwas anderes war es mit Mama. Anton ertappte sie immer wieder dabei, wie sie sich verstohlen Tränen aus dem Gesicht wischte.

»Was ist denn los?«, fragte er.

»Ich habe einfach nur Heimweh«, sagte Mama. »Obwohl hier alles sehr schön ist und sie uns nach Strich und Faden verwöhnen, es ist doch nicht das Gleiche.«

Auch Papa wurde allmählich unruhig. »Alte Bäume verpflanzt man nicht«, sagte er zu Anton. »Schon gar nicht in eine andere Zeit. Das musst du verstehen. Mama hat keine Lust, auf Dauer in der Haremsabteilung zu leben. Und ich sehne mich auch mal wieder nach einem guten Bier und einem Fußballspiel im Fernsehen. Und unsere Freunde fehlen uns auch, so nett sie alle hier sind.«

In der Nacht nach diesem Gespräch lag Anton lange wach. Mama und Papa taten ihm leid. Was konnte er nur tun? Ihre Lage war wirklich fast aussichtslos. Osman war seit der Krönung nicht wieder im

Palast erschienen, und helfen konnte er ja sowieso nicht. Wie kämen sie nur jemals in ihre Zeit zurück?
Anton wälzte sich in seinem Bett hin und her und zerbrach sich den Kopf. Er ging alles noch einmal in der Erinnerung durch. Angefangen hatte es mit dem Schuhputzer auf dem Gewürzbasar. Der hatte sie zur Zisterne gelockt. Vielleicht lag hier ihre kleine Chance? Sie müssten diesen Cinci Hodscha finden. Der hatte alles ins Rollen gebracht, der könnte es vielleicht auch zu Ende bringen. Er hatte bei ihren Reisen nachgeholfen, sonst hätten sie viel länger gebraucht. Wer das alles konnte, der musste sie auch zurück in ihre Zeit befördern können. Schließlich war der Cinci Hodscha, der Hüter aller Dschinn, wenn Anton das richtig verstanden hatte, eine Art Ober-Dschinn. Richtig trauen konnte man ihm zwar nicht, aber bisher hatte er ihnen immer geholfen. Versuchen mussten sie es auf jeden Fall. Was sollten sie sonst auch tun?
Anton war jetzt hellwach, an Einschlafen war nicht mehr zu denken. Leise kletterte er von seinem Hochbett, zog sich an und schlich aus dem Zimmer.
Die Palastwachen kannten ihn als Freund des neuen Sultans und verbeugten sich, als er an ihnen vorbei zum Hauptportal ging. Draußen war es düster, der Mond war hinter Wolken versteckt. Durch die kühle Nachtluft ging Anton über den großen Außenhof. In den Ställen an der Palastmauer schnaubten die Pferde im Schlaf. Sowie er das Haupttor erreicht hatte, kamen drei Wachen auf ihn zu.
»Wohin um diese Zeit, junger Herr?«
»Zur Glasbläsergasse«, antwortete Anton. »Könnten Sie mir sagen, wie ich die finde?«
Die Männer sahen ihn erstaunt und mit Unbehagen an.

»Da solltet Ihr Euch um diese Uhrzeit nicht mehr aufhalten, guter Herr«, sagte einer. »Und schon gar nicht allein. Dort ist es still und verlassen. Kein gottesfürchtiger Mensch wohnt in dieser Gasse. Man sagt, da spuken nachts nur noch die Dschinn.«

»Ich muss da aber leider hin«, sagte Anton. »Also, bitte, wo liegt es?«

Einem Freund des neuen Sultans konnten sie schlecht die Auskunft verweigern. Ein Wächter sagte seufzend:

»Hinter dem Markt rechts und dann die zweite Straße, die nach links führt, immer geradeaus. An der Ecke steht ein dunkelrotes Holzhaus.«

Man sah ihm an, dass ihm die Auskunft schwerfiel. Doch Anton ging so zielstrebig durchs Tor, dass niemand wagte, ihn aufzuhalten.

Die Stadt wirkte verlassen; nicht eine Laterne brannte in der stockfinsteren Nacht. Nicht lange, und Anton hatte den Markt erreicht und die Straße mit dem roten Holzhaus gefunden. Ein aufkommender Wind wehte vom Meer und erfüllte die Luft mit einem unheimlichen Knarzen und Quietschen. Als sich eine schmale Mondsichel für einen Augenblick zwischen den Wolken hervorschob, sah Anton, wo die Geräusche herkamen. Überall um ihn herum schlug der Wind Tür- und Fensterläden auf und zu. Mit einem kleinen Schauder dachte er an Fannis Erlebnis in der Zisterne. Genau so hatte sie die verlassenen Häuser in der Unterwasserstadt beschrieben. Vielleicht schickte der Cinci Hodscha ihm gerade ein Zeichen?

Langsam ergraute der Himmel, und aus der Ferne hörte Anton den Gesang des Muezzin, der die Bewohner zum Gebet rief. Als die ersten schwachen Sonnenstrahlen über die Dächer krochen, erreichte er die Glasbläsergasse.

Die Nr. 7 war ein altes Steinhaus. Anton konnte sich noch gut daran erinnern. Er war ja schon einmal hier gewesen, als Osman seine neue Flasche bekommen hatte. Immer noch hing das Schild *Wertvolle Dschinn-Flaschen seit 2010 vor der Hidschra* an der Mauer. Nur der Perlenvorhang war durch eine Holztür ersetzt worden.

Anton war nervös. Er klopfte, doch niemand antwortete. Er klopfte ein zweites Mal, und weil sich immer noch nichts regte, drehte er vorsichtig den Knauf. Die Tür war nicht abgeschlossen. Anton hielt die Luft an und trat leise ein.

Ein blauer Nebel hing in dem Raum, der leer war bis auf einen Eisentopf, der auf drei Beinen stand. Die Wände und der Lehmboden waren feucht, die Kohle im Topf war zu Asche verglüht. Anton beugte sich gerade über den Topf, als er Schritte hörte. Jemand hatte den Raum betreten.

Anton drehte sich um und erwartete, den alten Cinci Hodscha mit dem stechenden Blick und der Falkennase zu sehen. Doch zu seiner Überraschung stand da jemand anders.

»Osman, was machst du denn hier?«

»Das könnte ich Euch auch fragen, junger Herr«, erwiderte Osman mit einem Glitzern in den Augen.

»Bist du schon die ganze Zeit da?«, fragte Anton. »Und wo ist der Cinci Hodscha? Den suche ich nämlich eigentlich.«

»Und warum, wenn man fragen darf?«, sagte Osman.

»Das sag ich dir gleich«, antwortete Anton. »Aber ich bin natürlich auch froh, dich zu sehen! Du hast uns ja einen ganz schönen Schrecken eingejagt bei der Krönung!«

Osman schwieg einen Moment, und wieder glitzerte es in seinen Augen. »Ohne den Cinci Hodscha hätte der Wunsch gesiegt. Ich bin auch nur ein einfacher Dschinn.«

»Du meinst, wegen des Rings?«, fragte Anton. »Der war es doch, der den Prinzen beschützt hat, oder?«
Osman machte eine herablassende Geste mit der rechten Hand.
»Der junge Herr hat es erfasst. Den Ring hat der Cinci Hodscha geformt, eigentlich war er für den neuen Großwesir bestimmt.«
Anton wunderte sich, dass Osman schon von Mehmed Alis Beförderung zum Großwesir wusste. Wie hatte er das herausgefunden?
»Ich habe ihn hier in diesem Topf entdeckt.« Osman deutete auf den erkalteten Eisentopf. »Und ich wusste, wenn meine Kräfte schwinden, dann hilft nur dieser Ring. Der Wunsch hätte am Ende gesiegt, das ist das Gesetz der Dschinn. Nur eines kann seine Kraft brechen. Nur weil Dschinn-Kraft gegen Dschinn-Kraft stand, hatte der Prinz eine Chance gegen mich.«
»Das war sehr clever von dir, Osman! Wir sind dir auch alle dankbar dafür. Sogar der neue Sultan.« Sofern man jemandem dankbar sein konnte, der einen fast erstochen hätte, dachte Anton, aber das sagte er natürlich nicht.
Osman blickte an Anton vorbei. »Und warum wollt Ihr nun zum Hüter aller Dschinn?«, fragte er in den dunklen Raum, in den nur ein Schimmer Mondlicht fiel.
Anton zögerte. »Ich hatte gehofft, er könnte uns helfen. Osman, das Problem ist, bis auf Fanni wollen wir alle in unsere Zeit zurück. Mama heult schon heimlich vor Heimweh. Und ich weiß, dass du uns nicht wegwünschen kannst. Es ist ja kein Wunsch mehr frei.«
»Seid Ihr da so sicher, mein ehemaliger Gebieter?« Osman hatte einen leicht spöttischen Blick. Er kam Anton auf einmal seltsam fremd vor.
»Meinst du, weil der letzte Wunsch nicht erfüllt worden ist, hat der Großwesir noch einen frei?«, fragte Anton. »Aber wie sollen wir ihn

dazu bringen, dass er uns alle zurückwünscht? Der hätte ganz andere Wünsche auf Lager.«

»Noch viel besser«, sagte Osman und schien mit einem Kichern zu kämpfen. »Noch viel besser. Wenn auch leider nicht für mich.«

»Was meinst du, Osman? Nun sag schon, ich kapier nicht, was du vorhast.«

»Der Wunsch wurde nicht verbraucht und fällt darum an mich zurück. Zu meiner freien Verfügung.«

»Oh!«, rief Anton und brauchte einen Moment, bis er begriff. »Heißt das etwa, du könntest uns doch zurückwünschen?«

Osmans Blick wurde wieder merkwürdig starr. »Wie man weiß, habt Ihr damals einen Wunsch für mich geopfert. Darum ist es jetzt an der Zeit, dass ich einen Wunsch für Euch opfere.«

Anton spürte, wie eine warme Woge der Erleichterung durch seinen Körper ging.

»Osman, das ist ja supernett! Und ich dachte immer, du hast nur deinen Vorteil im Sinn! Tut mir leid! Das würdest du wirklich tun? Dann wünsche ich uns jetzt alle zurück!«

Aber da fiel ihm etwas ein. »Nein, so einfach geht das nicht. Fanni würde uns nie verzeihen, wenn wir sie plötzlich zurückwünschten. Du kennst sie, sie würde uns den Kopf abreißen. Wir müssen uns wenigstens verabschieden.«

Osman seufzte unwillig.

»Lernt ihr Menschenkinder denn nie! Wie oft habe ich euch gesagt, dass ihr nicht holterdiepolter drauflos wünschen sollt! Ein bisschen Überlegung davor, ein bisschen Fingerspitzengefühl!« Er hob seine rechte Hand, krümmte die Fingerspitzen und rieb sie aufreizend langsam am Daumen. Anton hatte Osman noch nie so herablassend erlebt. Irgendwie war er heute anders als sonst. Auch ein Kältehauch schien von ihm auszugehen, den Anton vorher nie gespürt hatte. Wahrscheinlich färbten einfach die kalten Gemäuer auf ihn ab. Sehr gemütlich war es beim Cinci Hodscha ja nicht gerade.

»Also, denkt doch eine halbe Sekunde lang nach«, fuhr der Dschinn jetzt genüsslich lächelnd fort. »Falls Euch das nicht zu anstrengend ist. Hättet Ihr lieber *einen* Wunsch frei oder vielleicht doch eher – drei?«

Anton zog die Brauen zusammen. Was meinte Osman nur? Dachte er an …

»Willst du damit sagen, ich kann mir einen neuen Herrn für dich wünschen?«

»Euch selbst und Eure teure Schwester jedenfalls nicht. Ihr wart schon einmal Herren über den Dschinn. Aber wie wäre es mit Eurer charmanten Frau Mutter?«

Anton traute seinen Ohren kaum. Osman und Mama waren nie die engsten Freunde gewesen, im Gegenteil. Mama als neue Herrin des Dschinn?! Osman war wirklich selbstlos geworden, so kannte er ihn gar nicht.

»Aber warum würdest du das machen, Osman? Was hättest du davon?«

»Nun, ein bisschen Strafe muss schon sein dafür, dass ich beinahe das Gesetz der Dschinn gebrochen habe. Ich war ja schon fast rührselig wie ein Menschenkind! Ein Dschinn sollte frei von Mitleid sein.«

Osman blickte starr an Anton vorbei. Dann zog er etwas hinter seinem Rücken hervor. Es war eine kleine blaue Flasche. Anton schaute sie überrascht an. »Wo hast du denn die her?«

»Im Palast ist mir keine Tür versperrt«, sagte Osman wieder mit spöttischer Stimme. »Die habe ich zur Sicherheit in Verwahrung genom-

men. Möchte der kleine Herr jetzt vielleicht endlich seinen Wunsch aussprechen?«
Seine Stimme klang erheitert, obwohl er sich eigentlich nicht darauf freuen konnte, unter Mamas Fuchtel zu stehen. Anton kapierte das alles nicht. Aber die Chance konnte er sich unmöglich entgehen lassen. Es war die einzige Möglichkeit, wieder zurückzukommen.
»Ich wünsche«, sagte er laut und deutlich und fasste dabei die blaue Flasche an, »ich wünsche, dass Mama die neue Herrin von Osman wird!«

Kaum hatte er das letzte Wort ausgesprochen, hörte Anton lautes Hornissenbrummen. Ein kaltes, blaues Licht, kälter und blauer, als Anton es je erlebt hatte, flog durch den Raum. Er wirbelte diesmal nur kurz durch die Luft und landete dann weich auf Mamas Bett. Verschlafen schreckte sie auf und starrte Anton an. Sie trug eine dunkelrote Nachthaube, die ihr schief in die Stirn hing. Einen Moment später plumpste jemand auf den Teppich und quiekte laut auf.
Mama schaute von ihrem Hochbett herunter. »Osman!«, rief sie und zog die Bettdecke etwas höher. »Das ist ja eine Überraschung.« Ihre Miene zeigte nicht gerade Begeisterung.
»Und für mich erst«, klagte Osman und rieb sich den Po. »Wo bin ich hier, werte Dame? Wer hat mich hierhergewünscht?« Der Dschinn sah verdattert nach oben.
»Aber Osman«, rief Anton. »Schon vergessen? Du hast mir doch gerade selbst gesagt, was ich tun soll.«
Der Dschinn stieß einen spitzen Schrei aus. »Ich? Was soll ich gesagt haben? Kein Wort habe ich gesagt! Ich ruhte auf dem Grund eines kühlen Brunnens, um mich endlich ein wenig zu erholen. Der innere

Kampf bei der Krönung war schrecklich, und ich war am Ende meiner Kraft. Und dann wurde ich plötzlich hierhergewünscht!«

Anton verstand überhaupt nichts mehr. »Osman! Wir haben doch eben erst in der Glasbläsergasse lange miteinander geredet!«

Osman wurde blass. »In der Glasbläsergasse? Etwa in der Nr. 7?«

»Aber nun stell dich doch nicht so dumm!«, rief Anton ärgerlich. »Du warst doch gerade noch mit mir da.«

Osman schüttelte schlotternd den Kopf. »Ins Haus des Cinci Hodscha gehe ich nur, wenn es unbedingt sein muss. Ich war vor einer guten Woche da, das stimmt. Ich wusste mir keinen anderen Rat. Meine Kraft, gegen den Wunsch anzukämpfen, wurde immer schwächer. Und der Cinci Hodscha gab mir einen von ihm gegossenen Ring. Ihr habt ihn bei der Krönung gesehen. Ohne ihn wäre Prinz Achmed jetzt nicht Sultan, sondern tot. Aber seitdem habe ich keinen Fuß mehr dorthin gesetzt.«

Jetzt war es Anton, der plötzlich fröstelte. Wenn es nicht Osman gewesen war, der vorhin mit ihm gesprochen hatte, dann musste es …

»Sag mal, der Cinci Hodscha kann sich doch verwandeln«, fragte er Osman vorsichtig.

»In wen oder was er will«, antwortete Osman mit einer Mischung aus Schauder und Stolz.

Anton stöhnte auf. »Dann hat er sich heute Nacht in dich verwandelt! Und mich die ganze Zeit an der Nase herumgeführt.«

Mama konnte sich nun nicht länger zurückhalten. »Was geht hier eigentlich vor? Ich verstehe kein Wort!«

»Verehrter kleiner Herr«, unterbrach sie der Dschinn sichtlich beunruhigt. »Was habe ich Euch denn – also, was hat Euch der Cinci Hodscha denn alles gesagt?« Er zwirbelte an den Enden seines langen

Schnurrbarts. »Und wie war das genau mit dem Wunsch?« Osman sah aus, als stiege ganz langsam eine grässliche Ahnung in ihm auf.
»Na ja«, sagte Anton und wusste nicht, ob er lachen sollte oder weinen.
»Du hast mir erklärt, dass du mir einen Wunsch schuldest, wegen damals, du weißt schon. Also, ich meine, der Cinci Hodscha hat es mir erklärt. Und dann hast du mich gefragt, warum ich nicht einen neuen Herrn für dich wünsche. Dann hätte der nämlich *drei* Wünsche frei und nicht nur einen. Und dann hast du gesagt – also, ich meine, dann hat der Cinci Hodscha gesagt …« Anton zögerte, bevor er die Bombe platzen ließ.
»Warum nicht meine charmante Mama?«
Anton räusperte sich.
»Als deine neue Herrin. Verstehst du? Und deshalb bist du hier.«
Es gab einen mächtigen Rums. Osman war ohnmächtig zu Boden gesunken.

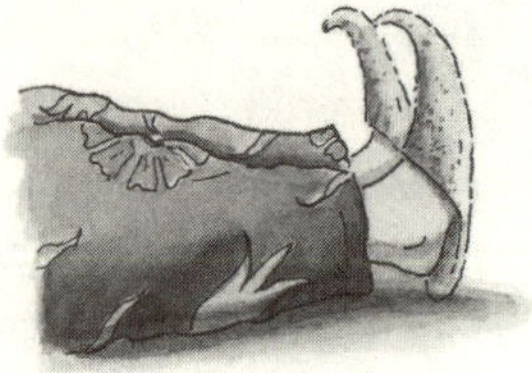

Abschiedsgeschenke

Für einen Moment trat Ruhe ein. Anton saß im Bett neben Mama, die nervös an ihrer Nachthaube zupfte.

»Hast du verstanden?«, flüsterte er. »Ab heute bist du seine neue Herrin und darfst uns alle nach Hause wünschen!«

»Oh!« Mama machte ihren Rücken steif und versuchte, ihre Gedanken zu ordnen. »Das sind ja … grandiose Neuigkeiten! Wir kommen zurück! Anton, das ist phantastisch! Ich bin dir ja so dankbar! Und so erleichtert. Aber …«, sagte sie nach einer kleinen Pause und deutete auf den Dschinn, der immer noch reglos auf dem Teppich lag. »Er … er muss wohl mit?«

»Tja, er muss schon dabei sein, wenn er dir Wünsche erfüllen soll«, sagte Anton. »Er würde sicher auch lieber in Stambul bleiben und sich ab und zu in die Palastküche schleichen. Du siehst ja, wie er auf die Nachricht reagiert hat.«

Anton sah prüfend nach unten, ob sich der Dschinn schon wieder regte.

»Aber wenn er dir zu sehr auf die Nerven fällt, wünschst du ihn einfach wieder weg. Du hast ja immer noch zwei Wünsche frei.«

»Das werden wir dann sehen«, sagte Mama. »Vielleicht dressier ich ihn auch, dass er uns nicht mehr den Kühlschrank plündert. Und immer schön den Abwasch macht.«
Die Morgensonne strahlte inzwischen ins Zimmer, und durch ein geöffnetes Fenster hörte man Möwen kreischen.
»Jetzt werde ich als Erstes Papa und Fanni informieren. Du passt solange auf meinen neuen Sklaven auf!«
Mama kletterte vom Hochbett, zog ihre Nachthaube ab und verschwand durch die Tür, wo sie eine Dienerin ins Badehaus führte.
Anton machte es sich auf dem Bett gemütlich. Nach dieser Nacht merkte er jetzt auf einmal seine Müdigkeit. Als er gerade eindämmern wollte, rekelte es sich auf dem Teppich. Osman war aus seiner Ohnmacht erwacht und setzte sich in den Schneidersitz.
»Mein kleiner Herr verzeihe meine kurze Unpässlichkeit«, sagte er nach oben zu Anton. »Ich brauchte einen Moment, um mich an die neue Lage zu gewöhnen. Bereits der letzte Wunsch hatte mich ganz aus dem Gleichgewicht gebracht. Fast war ich schon mehr Mensch als Dschinn. Und dann das hier …« Osman hielt sich rasch die Hand vor den Mund, als hätte er sich verplappert.
»Nochmals Verzeihung! Ich wollte Eure verehrte Frau Mama nicht beleidigen. Sie wird mir hoffentlich, ich meine, gewiss eine gute Herrin sein.«
Er klang sorgenvoll und gedrückt. Vorsichtig schaute er wieder zu Anton hoch. Zögernd kam es ihm über die Lippen: »Wenn Ihr vielleicht ein bisschen mit aufpassen könntet und ihr mit gutem Rat zur Seite steht? Als alter erfahrener Gebieter, der sich auskennt mit den Wünschen der Dschinn?«
Anton schmunzelte innerlich und fühlte sich geschmeichelt: Osman

suchte seine Unterstützung. Vielleicht dachte der Dschinn auch an gut gefüllte Kühlschränke und Speisekammern. Na, die konnte er haben. Er war ja doch viel netter als der falsche Osman von letzter Nacht. Deswegen hatte der so anders gewirkt! Aber manches war Anton noch immer nicht klar.

»Osman, erklär mir eines«, bat er den Dschinn, der ängstlich zu ihm hochlächelte. »Warum macht dieser Cinci Hodscha das alles? Ich versteh nicht, was er eigentlich will.«

»Richtig verstehen tut ihn niemand. Ich glaube, er spielt«, erwiderte Osman mit einem Seufzer. »Er spielt mit uns wie mit Figuren. Er schiebt uns mal dahin und mal dorthin, wie es ihm gerade gefällt.«

»Aber warum hat er uns damals überhaupt hierhergelockt?«, fragte Anton. Osman breitete ratlos die Hände aus.

»Wer weiß? Vielleicht hat er sich gelangweilt, nachdem der Großwesir an der Macht war. Vielleicht hat ihn der Großwesir gelangweilt. Vielleicht wollte er sehen, wie es ist, wenn ein Wunsch einen Dschinn innerlich zerreißt?« In Osmans Stimme lag Gram.

»Aber er hat uns doch auch geholfen«, sagte Anton. »Weißt du noch – als wir schnell nach Stambul reisen mussten und im Nebel alles plötzlich viel schneller ging?«

Osman schaute wieder hoch zu seinem früheren Herrn, der auf der Kante des Hochbetts saß. »In diesem Spiel hat er sich eben euch als Figuren ausgesucht. Und dann zieht er mit euch wie bei einem Brettspiel. Er würfelt natürlich immer nur die Sechs. Er will sich einen Spaß machen, mehr nicht. Er schiebt uns hin und her, wie er will. Und ihr hattet einfach Glück. Nächstes Mal spielt er vielleicht mit anderen Figuren. Einmal die blauen, dann wieder die roten. Menschen sind dem Cinci Hodscha ziemlich egal.«

Osman senkte den Kopf.

»Letztlich sind die Menschen allen Dschinn egal«, sagte er leise. »Obwohl das bei mir und dir ein bisschen anders ist.«

Osman schaute Anton in die Augen. »Deshalb hat der Cinci Hodscha mir wohl auch als Strafe eure Mutter als Herrin gewünscht.« Wieder gab er sich einen Klaps auf den Mund, als hätte er ein Wort zu viel gesagt.

»Aber seht jetzt nach eurer Frau Mama. Wenn sie euch zurückwünschen will, solltet ihr euch beeilen. Bevor der Cinci Hodscha noch die Figuren wechselt oder sich ein neues Spiel ausdenkt.«

Als Anton seine Familie wiedersah, waren sie schon aufgeregt und in Aufbruchstimmung. Mit einer Ausnahme: Fanni hatte beschlossen, nicht mitzukommen. Sie würde in Stambul bei Mehmed Ali bleiben. Mama protestierte heftig, und es flossen Tränen.

Dann hatte Papa die entscheidende Idee. Wenn sie wieder daheim wären, hätte Mama ja immer noch zwei Wünsche frei. Die sollte sie dann Fanni spendieren. Fanni könnte sich, wann immer sie wollte, nach Stambul und wieder zurückwünschen.

»Versprichst du, dass du die Wünsche nicht heimlich anders verbrätst?«, fragte Fanni. Mama versprach es. Nach kurzer Bedenkzeit willigte Fanni ein. In Wahrheit hatte nämlich auch sie ein bisschen Sehnsucht nach zu Hause und nach ihren Freundinnen.

Dann war der Moment des Abschieds gekommen. Ein letztes Mal standen sie mit Mehmed Ali und Sultan Achmed auf der vom Vollmond beschienenen Palastterrasse zusammen. Fanni versprach Mehmed Ali schniefend, dass sie bald wiederkommen werde. Als Abschiedsgeschenk drückte er ihr ein kleines, in violettes Seidenpapier gewickeltes Päckchen in die Hand. Sultan Achmed schenkte Anton einen winzigen Falken aus Gold, der eine Frisbeescheibe im Schnabel hielt. Sie war aus einem Rubin geschnitten. Es war sein wertvollstes Spielzeug; sein Vater hatte es ihm nach Gülnaz' missglücktem Mordversuch anfertigen lassen. Mama und Fanni bekamen vom Sultan prächtige Ketten aus Smaragden, und Papa überreichte er einen Turban aus feinstem Damast mit einer Brosche aus Jade.

»Was soll ich nur ohne meine zwei liebsten Berater machen!«, sagte der Prinz und wischte sich Tränen aus den Augenwinkeln. Der Dschinn stand betreten daneben, aber auch er bekam ein Abschiedsgeschenk: einen Schokoladenkuchen in Form einer hohen Moschee. Die Fenster waren aus Zuckerguss.

»Wir kommen bald wieder«, murmelte Anton, der selbst mit den Tränen kämpfte. Er hasste Abschiede. Mama ging es nicht besser. Um alles möglichst kurz und schmerzlos zu machen, zog sie plötzlich die Flasche aus ihrer Handtasche und sagte etwas zu laut: »Ich wünsche mich und meine Familie und Herrn Osman zurück nach Istanbul auf den Gewürzbasar, zurück zu jenem Moment, als alles begann ...«

Epilog

Als der Gewürzhändler im zitronengelben Hemd sorgfältig sein Schäufelchen mit Curry gefüllt hatte, drehte er sich um und stutzte. Was war mit den Touristen passiert? Wie hatte der Sir sich so schnell verkleidet? Jetzt trug er auf einmal ein buntes osmanisches Gewand und einen Turban mit Feder. Neben ihm stand ein dicker Mann in einer purpurroten Weste mit einer Schokoladenmoschee unterm Arm. Er drehte verlegen an seinen langen Schnurrbartenden, weil die elegant verhüllte Frau ihn beschimpfte, er hätte sie unterwegs gequetscht. Während sie schimpfte, schob sie eine blaue Flasche in ihre Handtasche.

Na, das fängt ja gut an, dachte Fanni. Was konnte das noch geben!

Anton rief: »Papa, dann kannst du ja sogar noch zu deinem Vortrag! Du weißt schon, der über die Presse in Wien! Aber vorher ziehst du dich vielleicht im Hotel noch schnell um.«

Mama lachte und sagte: »Ja, lasst uns jetzt lieber gehen. Wir waren doch ziemlich lange weg.«

Sie nahm den Dschinn an einem Arm und Papa an dem anderen; Fanni und Anton folgten ihr. Osmans Gesicht war flammend rot.

Der Gewürzhändler blickte ihnen kopfschüttelnd nach: »Und mein Currypulver?« Dann seufzte er: »Ach, diese Touristen. Eben doch keine wahren Sirs.«

Als sie im Taxi saßen, fühlte Fanni nach der kleinen harten Stelle in ihrer Tasche. Es war Mehmed Alis Abschiedsgeschenk. Endlich konnte sie es in Ruhe auspacken. Die Autos hupten, und die rußige Mittagsluft Istanbuls wehte durchs Taxifenster, als sie es vorsichtig öffnete. In das violette Seidenpapier war ein Ring gewickelt. Es war der gleiche wie der, den sie am Finger trug. *Sadet baad* war in ihn eingraviert. Fanni brauchte eine Sekunde, um zu kapieren. Natürlich! Das war der Ring des Cinci Hodscha, den Mehmed Ali hinter der Kachel im Palast verstecken wollte. Damals hatte es nicht geklappt, weil der Ring nicht fertig geworden war und Mehmed fliehen musste. Und jetzt hatte sie ihn! Fanni wusste, was das bedeutete. Wenn sie die beiden Ringe an ihrem Finger trug, ging etwas von der Dschinn-Kraft auf sie über, hatte Mehmed Ali ihr in Edirne erklärt. Dann könnte sie sich in der Zeit frei bewegen wie in einem Meer … Sie könnte Mehmed Ali in der Vergangenheit besuchen, wann immer sie wollte. Fanni strahlte, als sie das Päckchen behutsam zurück in ihre Tasche schob.
»Hey, Anton«, flüsterte sie und knuffte ihren Bruder in den Arm. »Wir haben noch aufregende Zeiten vor uns.«

Einige Fremdwörter und Orte, an denen die Geschichte spielt

Diwan: Niedriges Sofa. Dass der Gast gedrängt wurde, sich feierlich auf den Diwan zu setzen, war für jeden guten Gastgeber eine Ehrensache.

Edirne: Errichtet wurde die Stadt von den Römern. Damals hieß sie noch Adrianopolis oder Hadrianopolis, nach dem berühmten römischen Kaiser Hadrian. Die Osmanen machten Edirne nach ihrer Eroberung im Jahre 1362 von 1365 bis 1453 zu ihrer Hauptstadt. Obwohl Stambul später zur Hauptstadt ernannt wurde, verbrachten viele Sultane immer noch gern Zeit in Edirne.

Großwesir: Der zweitmächtigste Mann im Staat gleich nach dem Sultan.

Harem: In den 300 Räumen des Harems lebten die Frauen und Kinder des Sultans. Die Mächtigste von allen war die Sultansmutter. Kein Mann durfte diesen Ort betreten, außer dem Sultan selbst. Seine Frauen und Kinder wurden von schwarzen Eunuchen bewacht. Das waren Sklaven, die aus Afrika kamen und die selber keine Kinder zeugen konnten. Auch Mehmed Alis Vertrauter Shükrü war ein solcher Eunuch.

Janitscharen: Eine gefürchtete Elitetruppe, die in Friedenszeiten als Leibgarde des Sultans diente. Die späteren Janitscharen wurden zum Teil als Kinder im Alter von neun oder zehn Jahren von den osmanischen Heeren auf ihren Kriegszügen geraubt. Andere wurden als Abgabe der untergebenen Länder gezahlt. Jede Stadt, jedes Dorf musste eine bestimmte Anzahl an Jungen stellen (»Knabenlese«). Sie kamen nach Stambul und gingen dort auf eine Schule, wo sie zu Janitscharen ausgebildet wurden. Sie durften, solange sie im Dienst waren, nicht heiraten und waren für ihre Grausamkeit bekannt. Die besten unter den Schülern – wozu auch Mehmed Ali und Jussuf Pascha zählten – wurden zum Staatsdienst ausgebildet, und einige von ihnen haben es zu sehr hohen Ämtern geschafft, bis hin zum Großwesir.

Das Osmanische Reich: Es existierte von ca. 1299 bis 1923. Zu der Zeit, in der diese Geschichte spielt, erstreckte es sich von Europa (Ungarn und Griechenland) bis nach Nordafrika und Ägypten sowie über Kleinasien bis auf die Arabische Halbinsel. Die Hauptstadt dieses gewaltigen Reiches war das heutige Istanbul.

Pascha: Ein Ehrentitel, den man für seine Verdienste bekam. So hatte sich Jussuf Pascha besonders durch seinen Mut auf dem Schlachtfeld bewährt und dafür diesen Titel verliehen bekommen.

Stambul: Der alte Name der Stadt Istanbul. Damals war Istanbul die Hauptstadt des Osmanischen Reiches, und noch früher – als die Stadt Konstantinopel hieß – war sie Hauptstadt des großen Oströmischen Reiches.

Sultan: Der Kaiser des Osmanischen Reiches.

Topkapi-Palast: Fast 400 Jahre, bis die Türkei eine Republik wurde, war er Regierungssitz der osmanischen Sultane. Heutzutage ist der Topkapi-Palast ein Museum, das ihr in Istanbul besuchen könnt. »Topkapi« bedeutet übrigens Kanonentor und deutet auf die durch Kanonen gesprengte byzantinische Mauer um das ehemalige Konstantinopel. Dadurch wurde nämlich der Einmarsch der Osmanen in die Stadt erst ermöglicht.

Zisterne: Ein großer Wasserspeicher. Die unterirdische Zisterne in Istanbul wurde schon von den Römern erbaut, um die Stadt, die damals noch Konstantinopel hieß, mit Wasser zu versorgen. Den Wasserspeicher aus dieser Geschichte könnt ihr auch besuchen. Er heißt Yerabatan Saray und liegt nicht weit von der antiken Kirche Hagia Sophia und dem Topkapi-Palast entfernt.